국어 교과서 작품 읽기

고등 시

국어 교과서 작품 읽기: 고등 시

초판 1쇄 발행 • 2010년 11월 22일
개정판 1쇄 발행 • 2013년 11월 25일
개정2판 1쇄 발행 • 2017년 12월 27일
최신 개정판 1쇄 발행 • 2024년 12월 20일

엮은이 • 남호섭 이종은
펴낸이 • 염종선
책임편집 • 김도연 김영선
조판 • 한향림
펴낸곳 • (주)창비
등록 • 1986년 8월 5일 제85호
주소 • 10881 경기도 파주시 회동길 184
전화 • 031-955-3333
팩스 • 영업 031-955-3399 편집 031-955-3400
홈페이지 • www.changbi.com
전자우편 • ya@changbi.com

ⓒ (주)창비 2024
ISBN 978-89-364-3147-1 44810
ISBN 978-89-364-3146-4 (전4권)

국어 교과서
작품 읽기

고등 시

남호섭 · 이종은 엮음

창비

'국어 교과서 작품 읽기'
최신 개정판을 펴내며

　문학을 한 글자로 정의해야 한다면 '삶'이라 답할 수 있습니다. '시'에서는 화자가, '소설'에서는 서술자가, '수필'에서는 글쓴이가 직접 누군가의 삶을 들려주지요. 4차 산업혁명이라 불리는 시대를 따라가기도 벅찬데, 문학이 무슨 소용이냐고 말하는 이가 있습니다. 하지만 어떠한 혁명이나 기술에도 그 중심에는 '인간'이 있습니다. 심심하면 인공 지능과 대화를 나눌 수 있는 세상이 왔다고 하지만, 삶을 깊이 논할 친구를 만나는 기회는 여전히 귀합니다. 소셜 미디어를 통해 엿보는 여러 삶의 단편들은 때로 우리를 초라하게 만들지만, 문학은 타인의 삶을 더 깊이, 제대로 들여다보게 합니다. 갈래별 특성과 표현 방식을 이해하고 작품을 읽다 보면 거울처럼 나의 삶이 보이기도 합니다. 삶을 다루는 문학은 인간에 대한 이해와 공감을 불러일으키고, 더 나아가 사회와 역사를 보는 안목을 기르게 도와줍니다.

　문해력 저하를 걱정하는 보도가 연일 이어지고 있습니다. 의식과 문화는 초고속으로 변하는데 여전히 어려운 한자어로 소통하는 기성세대가 문제다, 스마트 기기를 지나치게 많이 사용하는 청소년들이 문제다 하는 식으로 진단도 다양합니다. 해법은 어떤가요? 독서 습관 개선하기, 난도 높은 책 읽기, 한자 공부하기 등 여러 의견이 제시되지만 일관되게 적용하기란 어렵습니다. '글을 읽고 이해하는 능력'을 뜻하는 문해력은 단지 어휘력만을 뜻하지는 않습니다. 나무를 따로따로 보는 것이 아니라 숲 전체를 조망하는 능력이지요. 그러니 맥락이나 상황을 종합적으로 파악하는 훈련을 통해 차근차근 향상되는 것입니다. '국어 교과서 작품 읽기' 시리즈는 교과서에 실린 좋은 글들을 통해 학생들이 문학에 더 친근히 다가서고 문해력을 향상할 수 있도록 이끕니다.

'2022 개정 교육과정'이 시행됨에 따라 고등학교 국어 교과서가 『공통국어1』과 『공통국어2』로 개편되었습니다. 학기별로 학점을 이수하는 '고교 학점제'가 도입되면서 고등학교 학생들은 다양한 선택 과목을 통해 국어 학점을 이수하는데, 공통국어는 여전히 선택이 아닌 필수로 배우게 됩니다. '국어 교과서 작품 읽기' 최신 개정판은 새로 바뀐 공통국어 9종 교과서 총 18권에 실린 작품을 시, 소설, 수필·비문학으로 나누고 고등학생 수준에서 스스로 읽으며 재미를 느낄 수 있는 작품을 가려 뽑았습니다. 새 교육과정에 따른 성취 기준에 도달하도록 이끄는 도움 글, 작품마다 꼼꼼하게 붙인 단어 풀이, 내용 이해를 점검하는 활동과 창의력을 펼칠 수 있는 적용 활동, 작품의 맥락을 통해 문해력을 향상시키는 활동 등으로 구성했습니다. 새로 개정된 '국어 교과서 작품 읽기' 시리즈가 자양분이 되어 여러분이 튼튼한 나무로, 풍성한 숲으로 성장하기를 소망합니다.

『국어 교과서 작품 읽기: 고등 시』는 고등학교 공통국어 교과서에 실린 시들을 가려 뽑아 엮었습니다. 이 시들은 다양한 배경에서 서로 다른 시인들이 창작한 것이지만, 여러분이 책을 읽으면서는 한 시인의 목소리처럼 들려도 좋겠다는 생각에 마치 한 권의 시집처럼 읽히도록 구성했습니다. 총 5부로 구성된 이 책의 부 제목은 각 부의 특징을 엿볼 수 있는 시 제목에서 따왔습니다. 1부 '방문객'에서는 시적 화자의 내면 풍경이 중심이 되어 그와 가까운 존재들과 관계가 그려집니다. 2부 '사과 없어요'에서는 사랑하고 헤어지는 일에 대한 간절한 목소리와 일상의 예민한 감각들을 만날 수 있습니다. 3부에서부터는 '나'를 둘러싸고 있는 세계의 범위가 넓어집니다. 3부 '산수유나무의 농사'에서는 자연에 깃들여 살아가야 할 뭇 생명들의 목소리를 생생히 들려줍니다. 4부 '들꽃 같은 시'에서는 우리 사회의 관계망이 건강하게 다져질 때 자신의 상처나 아픔도 극복된다는 점을 느낄 수 있습니다. 5부 '사람의 시'에서는 굴곡진 역사와 어려운 현실 앞에서도 우리가 지녀야 할 굳건한 정신을 만나 봅니다. 부마다 현대 시만 아니라 고전 시가도 두루 소개해 다양한 감상을 해 볼 수 있습니다.

각 시에는 감상을 이끌어 줄 길잡이 글을 두었습니다. 하지만 꼭 길잡이가 안내하는 대로가 아니더라도 여러분 나름대로 시를 감상하며 자기만의 '한 줄 평'을 완성해 보아도 좋겠습니다. 나아가 활동을 통해 시에 다각도로 접근해 보고 이해의 깊이를 더해 보기를 바랍니다. 각 부의 마지막에는 시를 이해하는 데 도움이 될 '문해력 키우기'를 두었습니다. 교과서 밖 시도 읽으면서 더 너른 시 세계를 경험할 수 있습니다.

이 책의 시들이 전하는 다채로운 풍경과 목소리들이 여러분에게 온전히 전해지기를 바랍니다. 이를 통해 시 읽는 즐거움을 얻고, 나를 둘러싼 세계에 대한 관심도 깊어지기를 기대합니다.

2024년 12월

남호섭 이종은

차례

2부 🌙 사과 없어요

3부 🌾 산수유나무의 농사

4부 ☁ 들꽃 같은 시

일러두기

1. '2022 개정 교육과정'에 따른 고등학교 검정 교과서 9종 『공통국어』 1, 2에 수록된 시들 중에서 69편(현대 시 52편, 고전 시가 17편)을 가려 뽑고, 엮어 읽을 작품으로 교과서 밖의 시 3편을 더하여 총 72편을 수록했습니다.

2. 작품이 수록된 시집이나 전집을 저본으로 삼았습니다.

3. 맞춤법과 띄어쓰기는 현행 표기법을 따르는 것을 원칙으로 하되 지은이의 독특한 어법이나 사투리는 살렸습니다.

4. 고전 시가의 경우에는 감상을 쉽게 할 수 있도록 현대어로 표기했습니다.

5. 한자는 한글로 바꾸고 필요한 경우에만 괄호 안에 넣었습니다.

6. 본문 아래쪽에 낱말 풀이를 달았습니다.

7. 원래의 작품에 시인이 붙인 주석이 있는 경우에는 본문 아래쪽에 달고 '원주'라고 밝혔습니다.

8. 활동의 예시 답안은 창비 홈페이지(www.changbi.com)의 '도서 > 자료실 > 어린이 청소년 자료실'에 있습니다.

1부

방문객

방문객

정현종

사람이 온다는 건
실은 어마어마한 일이다
그는
그의 과거와
현재와
그리고
그의 미래와 함께 오기 때문이다
한 사람의 일생이 오기 때문이다
부서지기 쉬운
그래서 부서지기도 했을
마음이 오는 것이다 ── 그 갈피를
아마 바람은 더듬어 볼 수 있을
마음,
내 마음이 그런 바람을 흉내 낸다면
필경 환대가 될 것이다

* 갈피 겹치거나 포갠 물건의 하나하나의 사이 또는 그 틈.
* 필경 끝장에 가서는.
* 환대 반갑게 맞아 정성껏 후하게 대접함.

새로운 사람을 대할 때 우리의 태도는 어떠해야 할까요? 누구에게
나 현재의 자신이 되기까지 지나온 과거 그리고 앞으로 헤쳐 갈 미
래가 있습니다. 그래서 화자는 "사람이 온다는 건/실은 어마어마
한 일"이라고 말합니다. 타인의 일생을 알기란 어려운 일이고, 우
리는 그가 어떤 과정을 겪고 지금에 이르렀는지, 또 훗날 어떤 삶을
살게 될 것인지 짐작할 수 없습니다. 그러니 그 사람의 "부서지기
쉬운/그래서 부서지기도 했을/마음"을 떠올린다면 어느새 환대
의 마음을 가질 수밖에 없는 것입니다.

나의 한 줄 평 ....

....

✱ 활동

1. 이 시의 제목이 '방문객'인 이유를 생각해 봅시다.

2. 「방문객」에서 "바람을 흉내 낸다면/필경 환대가 될 것"의 의미를 말해 봅시다.

내가 사랑하는 사람

정호승

나는 그늘이 없는 사람을 사랑하지 않는다
나는 그늘을 사랑하지 않는 사람을 사랑하지 않는다
나는 한 그루 나무의 그늘이 된 사람을 사랑한다
햇빛도 그늘이 있어야 맑고 눈이 부시다
나무 그늘에 앉아
나뭇잎 사이로 반짝이는 햇살을 바라보면
세상은 그 얼마나 아름다운가

나는 눈물이 없는 사람을 사랑하지 않는다
나는 눈물을 사랑하지 않는 사람을 사랑하지 않는다
나는 한 방울 눈물이 된 사람을 사랑한다
기쁨도 눈물이 없으면 기쁨이 아니다
사랑도 눈물 없는 사랑이 어디 있는가
나무 그늘에 앉아
다른 사람의 눈물을 닦아 주는 사람의 모습은
그 얼마나 고요한 아름다움인가

여러분은 어떤 사람을 좋아하나요? 화자가 사랑하는 사람은 "그늘이 된 사람", "눈물이 된 사람"입니다. 보통 그늘 없이 해맑은 사람, 잘 웃는 사람이 좋다고 말하는 것과는 반대네요. 그늘과 눈물을 사랑하는 사람은 삶에서 어렵고 힘든 시간을 피할 수 없다는 것을 아는 사람입니다. 그런 시간을 거쳐 왔기 때문에 알고 있는 것이지요. 늘 기쁜 일만 있는 사람이 어디 있겠어요. 그러니 다른 이의 고통을 헤아리고 눈물을 닦아 줄 수 있기를, 삶에 어려움이 있더라도 이를 통해 세상을 더 아름답게 볼 수 있기를 바라 봅니다. 삶을 살아갈 용기와 희망은 그렇게 찾아오는 것 아닐까요?

나의 한 줄 평 ....

....

✳ **활동**

1. 「내가 사랑하는 사람」에서 "그늘"과 "눈물"에 대비되는 시어를 찾고 그 의미를 생각해 봅시다.

2. 「내가 사랑하는 사람」에서 "그늘이 없는 사람", "눈물이 없는 사람"은 어떤 사람을 상징하는지 말해 봅시다.

나의 꿈

한용운

당신이 맑은 새벽에 나무 그늘 사이에서 산보할 때에
나의 꿈은 작은 별이 되어서
당신의 머리 위를 지키고 있겠습니다.

당신이 여름날에 더위를 못 이기어 낮잠을 자거든
나의 꿈은 맑은 바람이 되어서
당신의 주위에 떠돌겠습니다.

당신이 고요한 가을밤에 그윽이 앉아서 글을 볼 때에
나의 꿈은 귀뚜라미가 되어서
당신의 책상 밑에서 "귀똘귀똘" 울겠습니다.

* **산보하다** 휴식을 취하거나 건강을 위해서 천천히 걷다.

1부 · 방문객

★ 감상 길잡이

이 시에서 화자의 소망은 "당신" 곁을 지키는 존재가 되고 싶다는
것입니다. 새벽녘에 산책을 할 때, 더운 여름날 낮잠에 들 때, 그리
고 고요한 가을밤 독서를 할 때도 자신은 언제든 곁에 있겠다고 말
합니다. 그것이 '나의 꿈'이니 당신이 어디서 무엇을 하느냐에 따라
'나'도 별이 되고, 바람이 되고, 귀뚜라미가 되어 함께할 준비가 되
어 있지요. 사랑하는 이를 위해 자신은 무엇이 되어도 괜찮다는 이
마음. 화자에게는 온 정성을 다하는 헌신이 곧 사랑입니다. 당신을
향한, 이 지극한 사랑이라니요.

나의 한 줄 평

★ 활동

1. 「나의 꿈」의 화자에게 "당신"은 어떤 의미를 지니는 존재인지 이야기해 봅시다.

2. 나에게도 화자의 "당신"과 같은 존재가 있는지, 혹은 나를 "당신"처럼 대하는 존재
   가 있는지 생각해 봅시다.

자화상

윤동주

산모퉁이를 돌아 논가 외딴 우물을 홀로 찾아가선 가만히 들여다봅니다.

우물 속에는 달이 밝고 구름이 흐르고 하늘이 펼치고 파아란 바람이 불고 가을이 있습니다.

그리고 한 사나이가 있습니다.
어쩐지 그 사나이가 미워져 돌아갑니다.

돌아가다 생각하니 그 사나이가 가엾어집니다. 도로 가 들여다보니 사나이는 그대로 있습니다.

다시 그 사나이가 미워져 돌아갑니다.
돌아가다 생각하니 그 사나이가 그리워집니다.

우물 속에는 달이 밝고 구름이 흐르고 하늘이 펼치고 파아란 바람이 불고 가을이 있고 추억처럼 사나이가 있습니다.

우물을 들여다보면 무엇이 보일까요? 이 시의 우물에는 달, 구름, 하늘, 바람, 가을, 그리고 한 사나이의 모습이 비칩니다. 우물에 비친 사나이는 우물을 들여다보고 있는 사람, 바로 자신입니다. 화자는 우물 앞에서 가만히 자신을 비추어 보며 스스로를 성찰하고 있습니다. 밉지만 한편으로는 가엾기도 하고, 미운 마음에 외면하자니 그리워지는 나. 미워도 버릴 수 없고, 밉지만 사랑하고 싶은 나. 나 자신에 대한 이 복잡한 심정을 여러분도 느껴 본 적이 있나요?

나의 한 줄 평 ....

....

★ 활동

1. 「자화상」에서 화자가 우물을 들여다보는 행동과 제목 사이에 어떤 관계가 있는지 설명해 봅시다.

2. 어떤 때 자신이 미워지고, 어떤 때 자신이 그리워지는지 자기 경험을 말해 봅시다.

자화상 · 윤동주

선우사(膳友辭)

백석

낡은 나조반에 흰밥도 가재미도 나도 나와 앉아서
쓸쓸한 저녁을 맞는다

흰밥과 가재미와 나는
우리들은 그 무슨 이야기라도 다 할 것 같다
우리들은 서로 미덥고 정답고 그리고 서로 좋구나

우리들은 맑은 물밑 해정한 모래톱에서 하구 긴 날을 모래
알만 헤이며 잔뼈가 굵은 탓이다
바람 좋은 한벌판에서 물닭이 소리를 들으며 단이슬 먹고
나이 들은 탓이다
외따른 산골에서 소리개 소리 배우며 다람쥐 동무하고 자
라난 탓이다

＊ **선우**(膳友) 반찬 친구.
＊ **나조반** 책상처럼 생긴 상.
＊ **해정하다** 깨끗하고 단정하다.
＊ **헤이다** '세다'의 사투리로, 사물의 수효를 헤아리거나 꼽다.
＊ **물닭** 호수나 강가에 서식하는 뜸부깃과의 새.
＊ **단이슬** 사람이나 생물에 유익하다고 생각되는 이슬.
＊ **소리개** 솔개. 수릿과의 새.

우리들은 모두 욕심이 없어 희여졌다
착하디착해서 세괏은 가시 하나 손아귀 하나 없다
너무나 정갈해서 이렇게 파리했다

우리들은 가난해도 서럽지 않다
우리들은 외로워할 까닭도 없다
그리고 누구 하나 부럽지도 않다

흰밥과 가재미와 나는
우리들이 같이 있으면
세상 같은 건 밖에 나도 좋을 것 같다

✻ **세괏은** '억센'의 평북 방언.
✻ **파리하다** 몸이 마르고 얼굴빛이나 살갗에 핏기가 전혀 없다.

선우사 · 백석

이 시의 제목 '선우사'는 '반찬 친구에 대한 글'이라는 뜻입니다.
시에서는 "흰밥"과 "가재미"가 '나'의 반찬 친구이지요. 밥이나
생선과 어떻게 친구가 될 수 있나 싶지만, 셋은 비슷한 점이 많습니
다. 모두 욕심이 없어 희고, 착해서 억세지 않으며, 너무나 정갈하
여 파리해 보이기까지 한다는 점입니다. 이들이 같이 있으면 가난
해도 서럽지 않고, 외롭지도 않고, 다른 이가 부럽지도 않습니다.
그래서 화자는 비록 쓸쓸한 저녁이지만, 소박한 밥과 반찬이 있는
것만으로도 충분하다고 느낍니다. 세상으로 나아가지 않고도 살
아갈 수 있겠다 생각하는 것입니다.

나의 한 줄 평 ⋯⋯⋯⋯⋯⋯⋯⋯⋯⋯⋯⋯⋯⋯⋯⋯⋯⋯⋯⋯⋯

⋯⋯⋯⋯⋯⋯⋯⋯⋯⋯⋯⋯⋯⋯⋯⋯⋯⋯⋯⋯⋯⋯⋯⋯⋯⋯⋯⋯⋯⋯⋯

★ 활동

1. 「선우사」에서 "흰밥과 가재미와 나"가 어디에서 어떻게 자라왔는지 찾아봅시다.

2. 「선우사」에서 "세상 같은 건 밖에 나도 좋을 것 같다"에 담긴 삶의 태도는 무엇인
   지 생각해 봅시다.

나는 오늘

오은

나는 오늘 토마토
앞으로 걸어도 나
뒤로 걸어도 나
꽉 차 있었다

나는 오늘 나무
햇빛이 내 위로 쏟아졌다
바람에 몸을 맡기고 있었다
위로 옆으로
사방으로 자라고 있었다

나는 오늘 유리
금이 간 채로 울었다
거짓말처럼 눈물이 고였다
진짜 같은 얼룩이 생겼다

나는 오늘 구름
시시각각 표정을 바꿀 수 있었다

내 기분에 취해 떠다닐 수 있었다

나는 오늘 종이
무엇을 써야 할지 종잡을 수 없었다
텅 빈 상태로 가만히 있었다
사각사각
나를 쓰다듬어 줄 사람이 절실했다

나는 오늘 일요일
내일이 오지 않기를 바랐다

나는 오늘 그림자
내가 나를 끈질기게 따라다녔다
잘못한 일들이 끊임없이 떠올랐다

나는 오늘 공기
네 옆을 맴돌고 있었다
아무도 모르게

너를 살아 있게 해 주고 싶었다

나는 오늘 토마토
네 앞에서 온몸이 그만 붉게 물들고 말았다

여러분의 오늘, 기억나는 한 장면은 무엇인가요? 어느 날은 겉과 속 모두 빨간 토마토처럼 내 안이 꽉 차 있었는데, 어느 날은 깨진 유리처럼 마음에 금이 가 울었습니다. 잘못한 일들이 그림자처럼 쫓아다녀 괴로운 날도 있었고, 너를 숨 쉴 수 있게 하는 공기가 되고 싶은 날도, 네 앞에서 부끄러움에 온몸이 토마토처럼 붉게 달아오르던 날도 있었습니다. 「나는 오늘」은 매일매일 다른 일상의 장면 속에서 변화하는 '나'의 감정을 토마토, 나무, 유리, 구름, 종이, 일요일, 그림자, 공기 등에 빗대어 표현한 시입니다.

나의 한 줄 평 ....

....

★ 활동

1. 「나는 오늘」에 나오는 여러 비유적 표현 중에서 가장 마음에 드는 것을 고르고 그 이유를 말해 봅시다.

2. 하루 동안 겪었던 인상적인 일과 감정을 떠올리며 "나는 오늘"로 시작하는 모방시를 써 봅시다.

어머니의 그륵

정일근

어머니는 그륵이라 쓰고 읽으신다
그륵이 아니라 그릇이 바른 말이지만
어머니에게 그릇은 그륵이다
물을 담아 오신 어머니의 그륵을 앞에 두고
그륵, 그륵 중얼거려 보면
그륵에 담긴 물이 편안한 수평을 찾고
어머니의 그륵에 담겨졌던 모든 것들이
사람의 체온처럼 따뜻했다는 것을 깨닫는다
나는 학교에서 그릇이라 배웠지만
어머니는 인생을 통해 그륵이라 배웠다
그래서 내가 담는 한 그릇의 물과
어머니가 담는 한 그륵의 물은 다르다
말 하나가 살아남아 빛나기 위해서는
말과 하나가 되는 사랑이 있어야 하는데
어머니는 어머니의 삶을 통해 말을 만드셨고
나는 사전을 통해 쉽게 말을 찾았다
무릇 시인이라면 하찮은 것들의 이름이라도
뜨겁게 살아 있도록 불러 주어야 하는데

두툼한 개정판 국어사전을 자랑처럼 옆에 두고
서정시를 쓰는 내가 부끄러워진다

세상에는 정해진 말로는 표현하기 어려운 것들이 있습니다. 학교에서 배우거나 사전에 실려 있는 말로는 충분하지 않은 것. 어머니가 쓰는 '그륵'이라는 말도 그렇습니다. 그래서 어머니처럼 "그륵, 그륵" 하고 중얼거리던 화자는 그릇보다 그륵에 담기는 것들이 더 "편안한 수평을 찾고" "사람의 체온처럼 따뜻했다"라는 점을 깨닫습니다. 그 말에는 어머니의 인생과 사랑이 담겨 있으니까요. 그래서 사전에는 '그릇'이라고 쓰여 있지만, 삶 속에 살아 빛나는 말은 '그륵'입니다.

나의 한 줄 평 ----------------------------------

★ 활동

1. 「어머니의 그륵」에서 "그릇"과 "그륵"이 어떻게 다른지 생각해 봅시다.

2. 「어머니의 그륵」에서 마지막에 화자가 부끄러워진 이유는 무엇인지 말해 봅시다.

선운사에서

최영미

꽃이
피는 건 힘들어도
지는 건 잠깐이더군

골고루 쳐다볼 틈 없이
님 한번 생각할 틈 없이
아주 잠깐이더군

그대가 처음
내 속에 피어날 때처럼
잊는 것 또한 그렇게
순간이면 좋겠네

멀리서 웃는 그대여
산 넘어 가는 그대여

꽃이
지는 건 쉬워도

잊는 건 한참이더군
영영 한참이더군

화자는 꽃이 지는 모습을 보며 이별에 대해 생각합니다. 꽃이 지는
것은 매우 짧은 순간의 일입니다. 그래서 화자는 가슴 아픈 지난
이별을 떠올리며 꽃이 "지는 건 잠깐"인 것처럼 잊는 것도 "순간
이면 좋겠네"라고 말합니다. 이미 멀어진 "그대"를 어서 잊고 이별
의 아픔에서 벗어나고 싶은 마음이겠지요. 그런데 화자의 그 바람
은 이루어지지 않을 것 같습니다. 화자도 그대를 잊는 일이 쉽지 않
음을 알고 있습니다. 그래서 "잊는 건 한참이더군/영영 한참이더
군"이라고 말하는 것이겠지요. 그대를 잊는 것은 영원히 언제까지
나 "한참"입니다.

나의 한 줄 평 --------------------------------------

★ 활동

1. 「선운사에서」 "— 더군"이라는 종결 어미의 반복이 어떤 느낌을 주는지 생각해 봅
시다.

2. 「선운사에서」의 화자가 꽃이 피고 지는 자연 현상을 보며 깨달은 것은 무엇인지
말해 봅시다.

너에게 쓴다

천
양
희

꽃이 피었다고 너에게 쓰고
꽃이 졌다고 너에게 쓴다.
너에게 쓴 마음이
벌써 길이 되었다.
길 위에서 신발 하나 먼저 다 닳았다.

꽃 진 자리에 잎 피었다 너에게 쓰고
잎 진 자리에 새가 앉았다 너에게 쓴다.
너에게 쓴 마음이
벌써 내 일생이 되었다.
마침내는 내 생(生) 풍화되었다.

＊ **풍화되다** 지표를 구성하는 암석이 햇빛, 공기, 물, 생물 따위의 작용으로 점차 파괴되거나 분해
되다.

이 시의 제목 '너에게 쓴다'를 보면 누군가에게 편지를 적는 모습
이 떠오릅니다. 화자는 꽃이 피고 지는 일, 잎이 피고 진 자리에 새
가 앉는 일을 적어 내려갑니다. "너에게 쓴 마음"은 너를 위해 편
지를 쓴 것만 아니라 너를 위해 마음을 기울인 것을 의미하는 말일
수 있겠네요. 화자가 긴 시간 동안 정말로 전하고 싶었던 마음은 무
엇일까요? 어쩌면 애틋한 그리움일지 모릅니다. 혹은 다정한 안부
일 수도, 뜨거운 고백일 수도 있지요. 그리고 그 마음에는 아마도
끝이 없는 것 같습니다. 얼마나 오래되고 깊은 마음인지 길 위에서
신발이 다 닳고, 자신의 삶도 풍화되었다고 말하니까요.

나의 한 줄 평 ....

....

★ 활동

1. 「너에게 쓴다」의 화자와 "너"가 서로 어떤 관계일지 상상해 봅시다.

2. 「너에게 쓴다」에서 "마침내는 내 생 풍화되었다."의 의미는 무엇인지 추측해 봅
   시다.

진달래꽃

김
소
월

나 보기가 역겨워
가실 때에는
말없이 고이 보내 드리오리다

영변에 약산
진달래꽃
아름 따다 가실 길에 뿌리오리다

가시는 걸음걸음
놓인 그 꽃을
사뿐히 즈려밟고 가시옵소서

나 보기가 역겨워
가실 때에는
죽어도 아니 눈물 흘리오리다

＊ **영변** 평안북도에 있는 지명.
＊ **약산** 평안북도 영변 서쪽에 있는 산. 경치가 좋기로 이름난 명소가 있고, 예부터 진달래로 유명함.
＊ **즈려밟고** 지르밟고. 위에서 눌러 밟고.

한국인이 사랑하는 시를 꼽으면 「진달래꽃」이 빠지지 않고 꼭 들어갈 거예요. 탁월한 운율감으로 노래로도 만들어졌지요. 여러분은 이 시를 어떻게 읽었나요? 이별이 찾아오면 억지로 붙들기보다 말없이 보내 드리겠다, 오히려 꽃을 뿌려 축복하겠다는 내용에 공감이 되나요? 그런데 이 시의 화자가 이별을 순순히 받아들이고 있지는 않다는 것을 우리는 금방 눈치챌 수 있습니다. 만약 사랑하는 사람이 이별을 말하는 순간이 온다면 눈물도 흘리지 않고 그대로 보내 드리겠다는 것이 화자의 진심이 아니라는 점을 말입니다.

나의 한 줄 평

★ 활동

1. 「진달래꽃」에서 운율이 만들어지는 요소들을 찾아봅시다.

2. 「진달래꽃」에서 "죽어도 아니 눈물 흘리오리다"라고 말하는 화자의 의도는 무엇일지 추측해 봅시다.

홈페이지 앞에서

정끝별

식탁이다, 임시저장된 얼굴로 로그인되어 있다, 서로를 스킵한다, 접속하면 악플이다, 숟가락과 변기와 가족력을 공유하면서

서로에게 자동 로그아웃된 지 오래

양은냄비다, 네 컵의 물이 제 몸을 달달 끓이고 있다, 서로의 목줄을 쥐고, 각자의 방문을 잠근 채, 서로의 숨통을 당기고 있다

말을 해, 내가 스팸 처리된 이유, 너에게 차단된 이유를!

화병이다, 잠긴 물에 발을 담근 가지들, 물때 낀 기억이 녹조 눈금을 새기며 졸아들고 있다. 잠금 해제 패턴을 찾아 GPS 추적 중이다

✽ **가족력** 가족 중에 질환을 앓은 이력.

집과 짐과 징과, 가족과 가축과 가출과 가책은, 다른가?

현관이다, 장마철에 세워 둔 우산이 철 지난 눈사람처럼 서
있다, 너무 혼자여서 혼자인 줄도 잊고, 젖은 채 접힌 살들이
서로의 미래에 녹물을 들이면서

아이디마저 잊었다 계정을 삭제해야 할까

＊ **가책** 자기나 남의 잘못을 꾸짖으며 못마땅하게 여김.

식탁 앞에 같이 앉아서 서로 "숟가락과 변기와 가족력을 공유하"는 사람들은 어떤 관계일까요? 바로 가족입니다. 시인은 집을 영어로 '홈'이라 하는 것에 빗대어 이 시에 '홈페이지 앞에서'라는 제목을 붙이고 가족을 인터넷에서 벌어지는 일들에 비유하고 있습니다. 만나기만 하면 악플을 달고, 서로를 스팸 처리해 버리는 사이. 이런 관계라면 정말 "계정을 삭제해야" 하는 것은 아닐까요? 여러분에게 가족은 무엇인가요? 집과 짐과 징, 가족과 가축과 가출과 가책 등 언어의 유사성을 바탕으로 가족의 의미를 묻는 시인의 통찰력이 놀랍습니다.

나의 한 줄 평 ....

....

★ 활동

1. 「홈페이지 앞에서」에서 가족 관계의 어떤 면을 인터넷 용어에 빗대어 표현하고 있는지 말해 봅시다.

2. 「홈페이지 앞에서」 6연의 "가족"과 "가축"과 "가출"과 "가책"은 어떤 점에서 의미적 연관성을 띠는지 자유롭게 생각해 봅시다.

이화우 흩뿌릴 제

계
랑

이화우(梨花雨) 흩뿌릴 제 울며 잡고 이별한 님

추풍낙엽에 저도 날 생각는가

천 리(千里)에 외로운 꿈만 오락가락하노매

✱ **이화우** 비가 오는 것처럼 휘날리는 배꽃.
✱ **추풍낙엽** 가을바람에 떨어지는 나뭇잎.

1부 · 방문객

✹ 감상 길잡이

화자는 지난봄, 배꽃이 비처럼 흩날리던 때에 임과 이별했습니다. 그리고 지금, 가을바람에 나뭇잎이 떨어지는 때가 되었는데 여전히 임을 잊지 못하고 있네요. 그리운 마음에 임이 자신을 생각하고 계실까 궁금해지기도 합니다. 아마도 임이 떠난 이후로 만나지 못했을 뿐만 아니라, 소식도 듣지 못한 것은 아닌가 하는 생각이 듭니다. 임과의 거리가 천 리처럼 느껴지고, 임의 마음도 자신에게서 천 리나 떨어진 것만 같습니다. 임을 향한 사무친 그리움에 외로운 꿈만 꾸고 있을 뿐입니다.

나의 한 줄 평 ⋯⋯⋯⋯⋯⋯⋯⋯⋯⋯⋯⋯⋯⋯⋯⋯⋯⋯⋯⋯⋯⋯⋯

⋯⋯⋯⋯⋯⋯⋯⋯⋯⋯⋯⋯⋯⋯⋯⋯⋯⋯⋯⋯⋯⋯⋯⋯⋯⋯⋯⋯⋯⋯⋯⋯⋯⋯⋯

✹ 활동

1. 「이화우 흩뿌릴 제」에서 "이화우"와 "추풍낙엽"이 주는 공통적 이미지는 무엇인지 생각해 봅시다.

2. 「이화우 흩뿌릴 제」에서 화자와 임의 거리감이 느껴지는 표현을 찾아봅시다.

청산은 내 뜻이오

황
진
이

청산(靑山)은 내 뜻이오 녹수(綠水)는 님의 정(情)이

녹수 흘러간들 청산이야 변할손가

녹수도 청산 못 잊어 우러녜어 가는고

＊ 녹수 푸른 물.
＊ 우러녜어 울면서 흘러.

물은 한곳에 머물 수 없고 산은 언제나 그 자리에 머물러 있습니다. 그래서 이 시의 화자는 변함없이 서 있는 푸른 산은 자신의 뜻이고, 어디로든 흘러가는 푸른 물은 임의 마음이라고 대조적으로 읊고 있네요. 즉 "청산"은 변하지 않는 화자의 마음을, "녹수"는 언제든지 변할 수 있는 임의 사랑을 의미합니다. 그런데 종장에서 녹수도 청산을 잊지 못해서 울면서 흘러가는 것이 아닌가, 하는 것은 누구의 생각일까요? 아마도 화자의 생각인 것 같습니다. 임도 나를 잊지 않았기를 기대하는 화자의 바람이 담긴 표현이 아닐까요?

나의 한 줄 평 ....

....

★ 활동

1. 「청산은 내 뜻이오」에서 자연물의 속성을 화자가 어떻게 활용하고 있는지 설명해 봅시다.

2. 「청산은 내 뜻이오」의 종장에 화자의 어떤 바람이 담겨 있는지 추측해 봅시다.

나무도 바윗돌도 없는

지은이 모름

나무도 바윗돌도 없는 뫼에 매에게 쫓긴 까투리 안과
대천(大川) 바다 한가운데 일천 석 실은 배에 노도 잃고 닻도
잃고 용총도 끊고 돛대도 꺾이고 키도 빠지고 바람 불어 물결
치고 안개 뒤섞여 잦아진 날에 갈 길은 천리만리 남았는데 사
면이 검어 어둑 천지 적막 까치노을 떴는데 수적(水賊) 만난 도
사공의 안과
엊그제 님 여읜 내 안이야 어디다 가을하리오

* **뫼** 메, '산'을 예스럽게 이르는 말.
* **까투리** 꿩의 암컷.
* **안** 심정.
* **석** 부피의 단위. 곡식, 가루, 액체 따위의 부피를 잴 때 쓴다.
* **용총** 돛을 내리거나 올리려고 돛에 매어 놓은 줄.
* **키** 배의 방향을 조종하는 장치.
* **까치노을** 사나운 파도.
* **수적** 바다나 큰 강에서 남의 재물을 강제로 빼앗아 가는 도둑.
* **도사공** 뱃사공의 우두머리, 선장.
* **여의다** 부모나 사랑하는 사람이 죽어서 이별하다. 멀리 떠나보내다.
* **가을하리오** 비교하리오. 견주리오.

1부 · 방문객

나무도 돌도 없는 산에서 매에게 쫓기는 까투리의 심정은 어떨까요? 이런 경우도 생각해 봅시다. 곡식 천 석을 싣고 배를 몰고 가는데, 바다 한가운데서 노와 닻을 비롯해 배를 조종할 수 있는 것은 모두 잃어버렸거나 망가졌습니다. 엎친 데 덮친 격으로 갈 길은 천리만리인데 날은 어둡고 파도는 심하고 안개까지 짙습니다. 그 와중에 해적까지 만났죠. 여러분이 이 배의 선장이라면 어떤 심정일까요? 그런데 화자는 이 모든 것과 비교할 수 없는 괴로움이 있다고 말합니다. 그것은 바로 엊그제 임을 잃은 자신의 마음입니다.

나의 한 줄 평 ....

....

★ 활동

1. 「나무도 바윗돌도 없는」에서 화자가 임과 이별한 자신의 심정을 강조하기 위해 활용한 표현법은 무엇인지 생각해 봅시다.

2. 「나무도 바윗돌도 없는」을 통해 새로 알게 된 낱말이 있다면 정리해 봅시다.

  자화상은 '스스로 그린 자신의 초상'이라는 뜻입니다. 윤동주의 시 「자화상」에서 화자는 우물을 찾아가 들여다보는 행동을 합니다. 수면을 내려다보면 보는 사람의 얼굴이 수면에 비춰 보인다는 것을 알고 계시죠? 즉, 화자는 우물을 들여다보면서 자신의 얼굴을 비추어 보고 있는 것입니다.

  보통 문학의 갈래를 서정, 서사, 극 등으로 나누는데, 시는 그중에서 서정에 해당합니다. 서정 갈래는 개인의 감정이나 정서를 표현하는 데 중점을 두며, 화자를 통해 인간의 내면세계를 드러냅니다.

  「자화상」도 그렇습니다. 화자는 밉기도 가엾기도 하며 그립기도 한 자기 자신에 대해 생각하고 있습니다. 이는 자신의 내면을 깊이 들여다보며 이해하고자 노력하는 과정인데, 우리는 이러한 과정을 '자아 성찰'이라고 하지요.

  「자화상」에서 자아 성찰의 중요한 매개체는 '우물'입니다. 우물은 어떤 상징적 의미를 지닐까요? 우물 안의 깊은 곳을 응시하고 거기에 자신의 모습이 비친다는 상황, 그 우물이 외딴 곳에 있다는 설정 등을 떠올려 볼 때, 내면 깊은 곳을 들여다보는 외로운 시간을 떠올릴 수 있습니다.

  시에서는 이처럼 자신의 정체성이나 내면세계를 탐구하는 내용이 주제가 되는 경우가 적지 않습니다. 또 다른 시도 살펴봅시다.

거울속에는소리가없소
저렇게까지조용한세상은참없을것이오

거울속에도내게귀가있소
내말을못알아듣는딱한귀가두개나있소

거울속의나는왼손잡이오
내악수받을줄모르는— 악수를모르는왼손잡이오

거울때문에나는거울속의나를만져보지를못하는구료마는
거울아니었던들내가어찌거울속의나를만나보기만이라도했
겠소

나는지금거울을안가졌소마는거울속에는늘거울속의내가있소
잘은모르지만외로된사업에골몰할게요

거울속의나는참나와는반대요마는
또꽤닮았소
나는거울속의나를근심하고진찰할수없으니퍽섭섭하오
                                    — 이상 「거울」

거울 앞에 서서 거울에 비친 자신을 살피고, 거울 속 나에게 악수를 청하고 있는 화자를 상상해 봅니다. 「자화상」의 화자가 우물에 자신을 비추어 보는 것처럼, 「거울」의 화자는 거울에 자신을 비추어 보고 있습니다. 즉 이 시에서 화자의 내면을 탐색하는 매개체는 거울입니다.

사람을 비춘다는 것, 바라보는 이의 모습을 좌우 반전되게 보여 준다는 점은 우물도 거울도 동일합니다. 그런데 「자화상」과는 다르게 「거울」에서는 이 '반대로 비추어지는 특징'이나 거울 속 세계는 아무 소리도 없고 만질 수도 없다는 점이 강조되고 있습니다. 거울 속의 나는 실제의 나와 같으면서도 다르고, 손을 내밀어 악수를 청해 보아도 이루어지지 않기에 나 자신과의 화해는 영영 불발로 끝나게 되지요. 그러니 "섭섭하오"라고 말할 수밖에요.

이처럼 화자의 내면과 성찰을 그린 시라고 해도 주제는 서로 다를 수 있습니다. 여러 시를 비교해 읽으며 다채로운 시의 매력을 더 탐구해 보면 좋겠습니다.

2부

사과

없어요

서시

죽는 날까지 하늘을 우러러
한 점 부끄럼이 없기를,
잎새에 이는 바람에도
나는 괴로워했다.
별을 노래하는 마음으로
모든 죽어 가는 것을 사랑해야지
그리고 나한테 주어진 길을
걸어가야겠다.

오늘 밤에도 별이 바람에 스치운다.

이 시를 읽을 때 화자의 어떤 정서가 가장 먼저 느껴졌나요? 화자의 정서에 초점을 두어 살펴보다 보면 "한 점 부끄럼이 없기를," "나는 괴로워했다."라는 구절이 눈에 띕니다. 부끄러움 없는 삶을 살기를 바라는 화자는, 그러지 못하는 현실에 괴로워합니다. 그리하여 "모든 죽어 가는 것을 사랑"하는 마음으로, 자신을 흔들고 부추기는 어떤 "바람" 앞에서도 끊임없이 결백한 삶을 살고자 노력하겠다고 다짐합니다. 별이 되고자 하는 화자의 바람은 일제 강점기, 불의의 시대에 도덕적 순수를 향한 시인의 다짐이 아니었을까요?

나의 한 줄 평 ....

....

★ 활동

1. 「서시」에서 "별"과 "바람"의 의미에 대해 생각해 봅시다.

2. 「서시」가 창작된 시대적 배경을 조사하고, 화자가 괴로워한 부끄러움이 무엇일지 추측해 봅시다.

나룻배와 행인

한
용
운

나는 나룻배
당신은 행인

당신은 흙발로 나를 짓밟습니다
나는 당신을 안고 물을 건너갑니다
나는 당신을 안으면 깊으나 옅으나 급한 여울이나 건너갑
니다

만일 당신이 아니 오시면 나는 바람을 쐬고 눈비를 맞으며
밤에서 낮까지 당신을 기다리고 있습니다
당신은 물만 건너면 나를 돌아보지도 않고 가십니다그려
그러나 당신이 언제든지 오실 줄만은 알아요
나는 당신을 기다리면서 날마다 날마다 낡아 갑니다

나는 나룻배
당신은 행인

＊ 행인(行人) 길을 가는 사람.
＊ 여울 강이나 바다의 바닥이 얕거나 폭이 좁아 물살이 세게 흐르는 곳.

어떤 관계는 때로 "나룻배"와 "행인"의 관계와 같습니다. 나룻배는 나루 사이를 오가며 사람이나 짐을 나르는 작은 배입니다. 행인은 물을 건너는 데에만 관심이 있지 나룻배에는 관심이 없습니다. 물을 건너면 뒤도 돌아보지 않고 자신의 길로 떠나는 것이 행인에게는 당연한 일입니다. 그럼에도 "나"에게 "당신"은 얼마나 소중한 존재인지, 이 시의 화자는 자신을 나룻배처럼 대하는 당신을 기다리면서 낡아 가고 있다고 말합니다. 그 헌신적인 태도에서 숭고함과 비애가 함께 느껴집니다.

나의 한 줄 평 --

★ 활동

1. 「나룻배와 행인」에서 사랑의 어떤 특성을 "나룻배"와 "행인"에 빗대어 표현하고 있는지 생각해 봅시다.

2. 시인 한용운에 대해 조사해 보고, 「나룻배와 행인」의 "당신"을 어떻게 해석할 수 있을지 다양한 각도에서 말해 봅시다.

연필로 쓰기

정
진
규

　한밤에 홀로 연필을 깎으면 향기론 영혼의 냄새가 방 안 가
득 넘치더라고 말씀하셨다는 그분처럼 이제 나도 연필로만
시를 쓰고자 합니다 한번 쓰고 나면 그뿐 지워 버릴 수 없는
나의 생애 그것이 두렵기 때문입니다 연필로 쓰기 지워 버릴
수 있는 나의 생애 다시 고쳐 쓸 수 있는 나의 생애 용서받고
자 하는 자의 서러운 예비 그렇게 살고 싶기 때문입니다 나는
언제나 온전치 못한 반편 반편도 거두어 주시기를 바라기 때
문입니다 연필로 쓰기 잘못 간 서로의 길은 서로가 지워 드릴
수 있기를 나는 바랍니다 떳떳했던 나의 길 진실의 길 그것
마저 누가 지워 버린다 해도 나는 섭섭할 것 같지가 않습니다
나는 남기고자 하는 사람이 아닙니다 감추고자 하는 자의 비
겁함이 아닙니다 사랑하는 까닭입니다 오직 향기론 영혼의
냄새로 만나고 싶기 때문입니다

＊ **예비** 더 높은 단계로 넘어가거나 정식으로 하기 전에 그 준비로 미리 초보적으로 갖춤.
＊ **반편** 지적인 기능이 낮은 사람을 낮잡아 이르는 말.

화자는 연필로만 시를 쓰겠다고 합니다. 왜냐하면 "한번 쓰고 나면" "지워 버릴 수 없는 나의 생애"가 두려운데, 연필로 쓰면 지우거나 고쳐 쓸 수도 있기 때문입니다. 완벽하지 못한 나의 생애지만 지우고 고쳐 쓸 수 있다면, 잘못 간 길도 서로 지워 줄 수 있다면 좋지 않을까 생각합니다. 더 나아가 화자는 "떳떳했던 나의 길 진실의 길"마저 누가 지워 버려도 괜찮다고 합니다. 화자가 연필로 시를 쓰고자 하는 것은 어떠한 기록을 남기기 위해서가 아니라 향기로운 영혼을 지니기 위해서이기 때문이니까요.

나의 한 줄 평 ⦙⦙⦙⦙⦙⦙⦙⦙⦙⦙⦙⦙⦙⦙⦙⦙⦙⦙⦙⦙⦙⦙⦙⦙⦙⦙⦙⦙⦙⦙⦙⦙⦙⦙⦙⦙⦙⦙⦙

⦙⦙⦙

✹ 활동

1. 「연필로 쓰기」의 화자가 "떳떳했던 나의 길 진실의 길 그것마저 누가 지워 버린다 해도 나는 섭섭할 것 같지가 않습니다"라고 말하는 이유를 생각해 봅시다.

2. 여러분의 삶에서 지우고 싶은 '흑역사'는 무엇이고, 어떻게 고쳐 쓰고 싶은지 이야기해 봅시다.

푸른 밤

나
희
덕

너에게로 가지 않으려고 미친 듯 걸었던
그 무수한 길도
실은 네게로 향한 것이었다

까마득한 밤길을 혼자 걸어갈 때에도
내 응시에 날아간 별은
네 머리 위에서 반짝였을 것이고
내 한숨과 입김에 꽃들은
네게로 몸을 기울여 흔들렸을 것이다

사랑에서 치욕으로,
다시 치욕에서 사랑으로,
하루에도 몇 번씩 네게로 드리웠던 두레박

그러나 매양 퍼 올린 것은
수만 갈래의 길이었을 따름이다

＊매양 매 때마다.

2부 · 사과 없어요

은하수의 한 별이 또 하나의 별을 찾아가는
그 수만의 길을 나는 걷고 있는 것이다

나의 생애는
모든 지름길을 돌아서
네게로 난 단 하나의 에움길이었다

* **에움길** 굽은 길. 또는 에워서 돌아가는 길.

무언가를 간절히 원하고 바라는 마음은 어떤 것일까요? 포기하면 그만인 줄 알지만 그게 잘 되지 않을 때, 자신이 밉고 수치스러운 생각이 들지도 몰라요. "사랑에서 치욕으로,/다시 치욕에서 사랑으로," 수없이 흔들렸던 화자처럼 말이지요. 그런데도 그는 고백합니다. 온 생애를 통해 돌고 돌아온 길이 "실은 네게로 향한 것이었다"라고요. 수많은 길을 걷고 걸어 화자는 자신의 변함없는 사랑을 확인했을 뿐입니다. 여러분도 이렇듯 절절한 고백을 전하고 싶은 사랑이 있나요?

나의 한 줄 평 ....

....

✹ 활동

1. 「푸른 밤」에서 화자의 사랑이 "별", "꽃들", "두레박"을 통해 어떻게 드러나고 있는지 생각해 봅시다.

2. "에움길"의 사전적 의미를 찾아보고, 「푸른 밤」에서는 어떤 의미로 쓰였는지 말해 봅시다.

그대 생의 솔숲에서

김용택

나도 봄 산에서는
나를 버릴 수 있으리
솔 이파리들이 가만히 이 세상에 내리고
상수리나무 묵은 잎은 저만큼 지네
봄이 오는 이 숲에서는
지난날들을 가만히 내려놓아도 좋으리
그러면 지나온 날들처럼
남은 생도 벅차리
봄이 오는 이 솔숲에서
무엇을 내 손에 쥐고
무엇을 내 마음 가장자리에 잡아 두리
솔숲 끝으로 해맑은 햇살이 찾아오고
박새들은 솔가지에서 솔가지로 가벼이 내리네
삶의 근심과 고단함에서 돌아와 거니는 숲이여 거기 이는
바람이여
찬 서리 내린 실가지 끝에서
눈뜨리
눈을 뜨리

그대는 저 수많은 새 잎사귀들처럼 푸르른 눈을 뜨리
그대 생의 이 고요한 솔숲에서

평화로운 숲속을 거닐면 마음이 차분히 가라앉으며 복잡하고 머리 아픈 일들을 잠시 잊고는 합니다. 이 시의 화자는 "삶의 근심과 고단함에서" 벗어나기 위해 솔숲을 거닐고 있습니다. 곧 봄이 오려는 찬 서리 내린 솔숲에서 "무엇을 내 손에 쥐고/무엇을 내 마음 가장자리에 잡아 두리"라고 스스로에게 질문하며 삶에 대해 성찰합니다. 봄이 오면 지난 잎들이 지고 푸른 새잎이 나는 것처럼, 화자도 봄 산에서는 욕심이며 후회 따위는 버리고 지난날을 내려놓을 수 있지 않을까 생각해 봅니다. 손에 쥐고 있는 것을 내려놓고, 지난날을 내려놓는다면 남은 생을 살아갈 새로운 눈을 뜨리라 기대합니다.

나의 한 줄 평 ⋯⋯⋯⋯⋯⋯⋯⋯⋯⋯⋯⋯⋯⋯⋯⋯⋯⋯⋯

⋯⋯⋯⋯⋯⋯⋯⋯⋯⋯⋯⋯⋯⋯⋯⋯⋯⋯⋯⋯⋯⋯⋯⋯⋯⋯⋯

✱ 활동

1. 「그대 생의 솔숲에서」에서 화자가 거닐고 있는 솔숲의 풍경이 어떠한지 상상해 봅시다.

2. 「그대 생의 솔숲에서」의 화자가 깨달은 삶에 대한 성찰은 무엇인지 생각해 봅시다.

개여울

당신은 무슨 일로
그리합니까?
홀로이 개여울에 주저앉아서

파릇한 풀포기가
돋아 나오고
잔물은 봄바람에 헤적일 때에

가도 아주 가지는
않노라시던
그러한 약속이 있었겠지요.

날마다 개여울에
나와 앉아서
하염없이 무엇을 생각합니다.

가도 아주 가지는

✽ **개여울** 개울에 물이 얕거나 폭이 좁아서 물이 빠르게 흐르는 곳.
✽ **헤적이다** 작고 가볍게 움직이다. 활개를 벌려 가볍게 젓다.

64   2부 · 사과 없어요

않노라심은
굳이 잊지 말라는 부탁인지요.

✴ **감상 길잡이**

사랑하는 사람이 떠나갈 때, 어떤 약속이 있었습니다. "가도 아주 가지는/않노라시던/그러한 약속"은 몸은 떠나지만 마음만은 남겨 놓겠다는 약속일까요, 아니면 지금은 떠나지만 언젠가는 돌아올 것이라는 약속일까요? 그도 아니라면 결국 우리는 헤어진다는, 아무것도 아닌 약속일까요? 그 약속의 의미를 곱씹느라 돌아오지 않는 사람을 하염없이 생각하게 됩니다. 이렇게 생각하다 보니 그 약속은 당신을 잊지 말아 달라는 부탁이었던 것은 아니었을까 생각하게 됩니다.

나의 한 줄 평 ⋯⋯⋯⋯⋯⋯⋯⋯⋯⋯⋯⋯⋯⋯⋯⋯⋯⋯⋯

⋯⋯⋯⋯⋯⋯⋯⋯⋯⋯⋯⋯⋯⋯⋯⋯⋯⋯⋯⋯⋯⋯⋯⋯⋯⋯⋯⋯

✴ **활동**

1. 「개여울」에 곡을 붙여서 만든 노래를 찾아서 듣고 감상을 말해 봅시다.

2. 「개여울」의 화자가 "가도 아주 가지는/않노라시던" 약속의 의미를 어떻게 받아들이고 있는지 생각해 봅시다.

2부 · 사과 없어요

배를 매며

아무 소리도 없이 말도 없이
등 뒤로 털썩
밧줄이 날아와 나는
뛰어가 밧줄을 잡아다 배를 맨다
아주 천천히 그리고 조용히
배는 멀리서부터 닿는다

사랑은,
호젓한 부둣가에 우연히,
별 그럴 일도 없으면서 넋 놓고 앉았다가
배가 들어와
던져지는 밧줄을 받는 것
그래서 어찌할 수 없이
배를 매게 되는 것

잔잔한 바닷물 위에

＊ **호젓하다** 매우 홀가분하여 쓸쓸하고 외롭다.

배를 매며 • 장석남

구름과 빛과 시간과 함께
떠 있는 배

배를 매면 구름과 빛과 시간이 함께
매어진다는 것도 처음 알았다
사랑이란 그런 것을 처음 아는 것

빛 가운데 배는 울렁이며
온종일을 떠 있다

사랑이란 무엇일까요? 화자는 사랑이 불현듯 날아든 밧줄을 잡아 배를 매는 것과 같다고 말합니다. 갑자기 밧줄이 던져지면 어쩔 수 없이 배를 매게 되는 것처럼, 사랑은 예상치 못한 순간에 피할 수 없이 운명적으로 다가오기 때문입니다. 그런데 배를 매고 나니 배를 둘러싼 "구름과 빛과 시간"도 함께 보입니다. 사랑도 그런 것이지요. 누군가를 사랑한다는 것은, 그 존재만이 아니라 그를 둘러싼 모든 것과 함께 매어지는 것입니다. 이 시에서는 사랑의 의미를 밧줄로 배를 매는 행위에 빗대어 이야기하고 있습니다.

나의 한 줄 평 ⋯⋯⋯⋯⋯⋯⋯⋯⋯⋯⋯⋯⋯⋯⋯⋯⋯⋯⋯⋯⋯⋯⋯⋯⋯⋯⋯⋯

⋯⋯⋯⋯⋯⋯⋯⋯⋯⋯⋯⋯⋯⋯⋯⋯⋯⋯⋯⋯⋯⋯⋯⋯⋯⋯⋯⋯⋯⋯⋯⋯⋯⋯⋯⋯

✹ 활동

1. 「배를 매며」에서 추상적인 사랑을 어떻게 구체적인 사물로 형상화하고 있는지 찾아봅시다.

2. 「배를 매며」에서 "구름과 빛과 시간"의 의미가 무엇인지 생각해 봅시다.

이별 이후

문
정
희

너 떠나간 지
세상의 달력으론 열흘 되었고
내 피의 달력으론 십 년 되었다

나 슬픈 것은
네가 없는데도
밤 오면 잠들어야 하고
끼니 오면
입안 가득 밥알 떠 넣는 일이다

옛날 옛날 적
그 사람 되어 가며
그냥 그렇게 너를 잊는 일이다

이 아픔 그대로 있으면
그래서 숨 막혀 나 죽으면
원도 없으리라

그러나
나 진실로 슬픈 것은

언젠가 너와 내가
이 뜨거움 까맣게
잊는다는 일이다.

✹ **감상 길잡이**

이 시는 '이별 이후'의 심정을 고통스럽게 전하고 있습니다. 이별을 한 지 열흘이 지난 시점, 화자에게 그 열흘은 십 년처럼 길게 느껴집니다. 정말로 슬픈 일은 사랑하는 사람을 잃었는데도 자신이 잠을 자고 밥을 먹으며 일상을 살고 있다는 것입니다. 화자는 차라리 네가 떠난 것에 대한 아픔으로 죽으면 원이 없겠다고 말합니다. 화자에게 죽음보다 큰 고통과 두려움은 "이 뜨거움 까맣게/잊는" 일이니까요. 너를 잊고, 너에 대한 뜨거움을 잊고, 지금의 이 슬픔과 고통도 잊고 덤덤하게 일상을 살아가게 되는 것. 사랑을 잃고도 살 수 있다는 것이 화자에겐 더 큰 슬픔입니다.

나의 한 줄 평 ⸺⸺⸺⸺⸺⸺⸺⸺⸺⸺⸺⸺⸺

⸺⸺⸺⸺⸺⸺⸺⸺⸺⸺⸺⸺⸺⸺⸺⸺⸺⸺

✹ **활동**

1. 「이별 이후」에서 이별의 아픔을 부각하기 위해 쓰인 대립적인 표현들을 찾아봅시다.

2. 「이별 이후」의 화자에게 "나 진실로 슬픈 것"은 무엇인지 생각해 봅시다.

사과 없어요

김이듬

아 어쩐다, 다른 게 나왔으니, 주문한 음식보다 비싼 게 나왔으니, 아 어쩐다, 짜장면 시켰는데 삼선짜장면이 나왔으니, 이봐요, 그냥 짜장면 시켰는데요, 아뇨, 손님이 삼선짜장면이라고 말했잖아요, 아 어쩐다, 주인을 불러 바꿔 달라고 할까, 아 어쩐다, 그러면 이 종업원이 꾸지람 듣겠지, 어쩌면 급료에서 삼선짜장면 값만큼 깎이겠지, 급기야 쫓겨날지도 몰라, 아아 어쩐다, 미안하다고 하면 이대로 먹을 텐데, 단무지도 갖다 주지 않고, 아아 사과하면 괜찮다고 할 텐데, 아아 미안하다 말해서 용서받기는커녕 몽땅 뒤집어쓴 적 있는 나로서는, 아아, 아아, 싸우기 귀찮아서 잘못했다고 말하고는 제거되고 추방된 나로서는, 아아 어쩐다, 쟤 입장을 모르는 바 아니고, 그래 내가 잘못 발음했을지 몰라, 아아 어쩐다, 전복도 다진 야채도 싫은데

여러분은 식당에서 내가 주문한 음식이 아닌 다른 음식이 나오면
어떻게 할 건가요? 화자가 그런 상황인데, 아주 난감하네요. 짜장
면을 시켰는데 더 비싼 삼선짜장면이 나왔습니다. 심지어 전복과
다진 야채는 화자가 싫어하는 것입니다. 주인에게 바꿔 달라고 할
까 싶지만, 종업원이 야단맞으면 어쩌나, 급료가 깎이면 어쩌나 싶
어 말하기 쉽지 않습니다. 종업원이 먼저 사과해 주기를 바라지만,
그것도 쉽지 않다는 것을 압니다. 왜냐하면 화자도 예전에 먼저 사
과했다가 오히려 봉변을 당한 일이 있거든요. 정말 "아아 어쩐다,"
라는 말밖에 안 나오네요.

나의 한 줄 평 ⸻⸻⸻⸻⸻⸻

⸻⸻⸻⸻⸻⸻⸻⸻⸻⸻⸻⸻⸻

★ 활동

1. 「사과 없어요」에서 화자가 주문한 음식이 잘못 나왔다고 말했을 때, 종업원이 어떤
반응을 보였는지 찾아봅시다.

2. 「사과 없어요」에서 화자가 "아아 어쩐다,"라고 하며 머뭇거리는 이유를 생각해 봅
시다.

나는 클릭한다 고로 나는 존재한다 이원

잉크 냄새가 밴 조간신문을 펼치는 대신 새벽에

무향의 인터넷을 가볍게 따닥 클릭한다

신문 지면을 인쇄한 모습 그대로

보여 주는 PDF 서비스를 클릭한다

코스닥 이젠 날개가 없다

단기 외채 총 500억 달러

클릭을 할 때마다 신문이 한 면씩 넘어간다

나는 세계를 연속 클릭한다

클릭 한 번에 한 세계가 무너지고

한 세계가 일어선다

해가 떠오른다 해에도 칩이 내장되어 있다

미세 전극이 흐르는 유리관을 팔의 신경 조직에 이식

몸에서 나오는 무선 신호를 컴퓨터가 받는다는

12면 기사를 들여다보다

인류 최초의 로봇 인간을 꿈꾼다는 케빈 워윅의

✱ **코스닥** 우리나라의 장외 증권 시장.
✱ **외채** 외국의 자본 시장에서 모집하는 자기 나라의 공채와 사채.
✱ **케빈 워윅**(Kevin Warwick) 영국의 과학자. 1998년 세계 최초로 자신의 팔에 컴퓨터 칩을 이식하
  는 실험을 했다.

웹 사이트를 클릭한다 나는 28412번째 방문객이다
나도 삽입하고 싶은 유전자가 있다
마우스를 둥글게 감싼 오른손의 검지로 메일을
클릭한다 지난밤에도 메일은 도착해 있다
캐나다 토론토의 k가 보낸 첨부 파일을 클릭한다
붉은 장미들이 이슬을 꽃잎에 대롱대롱 매달고
흰 울타리 안에서 피어난다
k가 보낸 꽃은 시들지 않았다
곧바로 나는 인터넷 무료 전화 dialpad를 클릭한다
k의 전화번호를 클릭한다
나는 6589 마일리지 너머로 연결되고 있다
나도 누가 세팅해 놓은 프로그램인지 모른다
오른손으로 미끄러운 마우스를 감싸 쥐고 나는
문학을 클릭한다 잡지를 클릭한다
문학 웹진 노블 4월호를 클릭한다
사막이 아름다운 것은 그것이 어딘가에 샘을
감추고 있기 때문이라고 표지의 어린 왕자는
자꾸자꾸 풍경을 바꾼다 창을 조금 더 열고

인터넷 서점 알라딘을 클릭한다 신간 목록을 들여다보다
가격이 20% 할인된 폴 오스터의
우연의 음악과 15% 할인된 가격에
르네 지라르의 폭력과 성스러움을 주문 클릭한다
창밖 야채 트럭에서 쿵쿵거리는
세상사 모두가 네 박자 쿵착 쿵착 쿵차자 쿵착
나는 뽕짝 네 박자를 껴입고 트럭이 가는
길을 무심코 보다가 지도를 클릭한다
서울에서 출발하는 길 하나를 따라가니 화엄사에
도착한다 대웅전 앞에 늘어선 동백 안에서
목탁 소리가 퍼져 나온다 합장을 하며
지리산 콘도의 60% 할인 쿠폰을 한 매 클릭한다
프린터 아래의 내 무릎 위로
쿠폰이 동백 꽃잎처럼 뚝 떨어진다 나는
동백 꽃잎을 단 나를 클릭한다

* 폴 오스터(Paul Auster) 미국의 작가. 사실주의와 신비주의를 결합한 독창적인 문학 세계를 구축
하였다. 『우연의 음악』은 '뉴욕 3부작'과 함께 그의 대표작이다.
* 르네 지라르(René Girard) 프랑스의 문학평론가이자 사회인류학자. 소설의 인물들을 통해 인간
욕망의 구조를 밝혔다. 『폭력과 성스러움』으로 프랑스 아카데미상을 받았다.

검색어 나에 대한 검색 결과로
0개의 카테고리와
177개의 사이트가 나타난다
나는 그러나 어디에 있는가
나는 나를 찾아 차례대로 클릭한다
광기 영화 인도 그리고 **나**⋯⋯⋯**나누고**
⋯⋯**나오는**⋯**나**홀로 소송⋯⋯또**나**(주)⋯
나누고 싶은 이야기⋯⋯지구와 **나**⋯⋯⋯
따닥 따닥 쌍봉낙타의 발굽 소리가 들린다
오아시스가 가까이 있다
계속해서 나는 클릭한다 고로 나는 존재한다

'나는 생각한다. 고로 존재한다.'라는 말이 있습니다. 화자는 "클릭"할 때 자신이 존재함을 느낍니다. 신문, 메일, 무료 전화, 잡지, 서점, 지도 등을 클릭해 보는데, 지금 화자가 만나는 세계는 대부분 이렇게 클릭하면 열리는 인터넷 세계입니다. 친구가 메일의 첨부 파일로 보낸 꽃이나 인터넷 지도를 클릭해 도착한 화엄사 대웅전처럼요. "나도 누가 세팅해 놓은 프로그램인지 모른다"던 화자는 급기야 인터넷 창에 "검색어 나"를 넣어 봅니다. 그런데 "나를 찾아" "나"를 검색하면 '나'를 찾을 수 있을까요? "나"를 클릭하고 있는 '나'만 존재할 따름입니다.

나 의 한 줄 평 ....

....

★ 활동

1. 「나는 클릭한다 고로 나는 존재한다」의 화자가 무엇을 하고 있는지 상상해 봅시다.

2. 마지막 부분에서 "나"를 굵은 글씨로 표시한 이유가 무엇인지 생각해 봅시다.

제망매가(祭亡妹歌)

삶과 죽음의 길은

예 있으매 머뭇거리고

나는 간다는 말도

못다 이르고 어찌 가나닛고.

어느 가을 이른 바람에

이에 저에 떨어질 잎처럼

한 가지에 나고

가는 곳 모르온저.

아아, 미타찰(彌陀刹)에서 만날 나

도(道) 닦아 기다리겠노라.

＊ 제망매가 죽은 누이동생을 추모하는 노래. '제망매'는 죽은 누이동생을 추모한다는 뜻.
＊ 예 '여기에'의 준말. 이승. 이 세상.
＊ 가나닛고 갑니까.
＊ 한 가지 여기서는 '같은 부모'를 뜻함.
＊ 모르온저 모르겠구나.
＊ 미타찰 아미타불이 있는 서방 정토, 즉 극락세계를 말함.

2부・사과 없어요

✴ 감상 길잡이

이 시는 신라 시대에 죽은 누이를 추모하기 위해 쓰인 향가입니다. 화자는 누이의 갑작스러운 죽음 앞에서 떠난다는 말도 못 하고 어찌 갔느냐며 애석해합니다. 이 신라인의 이야기를 우리 이야기로 생각해 봅니다. 사랑하는 누군가가 죽었을 때, 그를 더 이상 볼 수도, 만질 수도 없게 된다면 어떤 마지막 인사를 나눌까 생각합니다. 좋은 곳으로 가서 편히 지내, 나도 여기서 잘 지낼게, 나중에 그곳에서 꼭 만나자……. 화자도 그렇습니다. 먼훗날 "미타찰"에서 만날 테니까, 다시 만날 때까지 자신은 도를 닦으며 기다리겠다고요.

나의 한 줄 평 --

✴ 활동

1. 「제망매가」의 시적 상황을 떠올려 보고 "이른 바람", "떨어질 잎", "한 가지"가 비유하는 것은 무엇인지 생각해 봅시다.

2. 「제망매가」를 쓴 월명사가 신라 시대 승려였다는 점을 참고로 하여, 누이의 죽음에 대한 화자의 태도를 말해 봅시다.

가시리

지은이 모름

가시리 가시리잇고 나난
버리고 가시리잇고 나난
위 증즐가 태평성대(太平聖代)

날러는 어찌 살라 하고
버리고 가시리잇고 나난
위 증즐가 태평성대

잡사와 두어리마나난
선하면 아니 올세라
위 증즐가 태평성대

* **가시리잇고** 가시렵니까.
* **나난** 흥을 돋우기 위한 후렴구.
* **위 증즐가 태평성대** 율격을 맞추기 위한 후렴구. 태평성대는 나라가 잘 다스려져 평안하고 융성
  한 시대를 뜻함.
* **잡사와 두어리마나난** 붙잡아 두고 싶지마는.
* **선하면** 토라지면.

2부 · 사과 없어요

설운 님 보내옵나니 나난
가시난 닷 도셔오소서 나난
위 증즐가 태평성대

* **가시난 닷** 가시자마자.
* **도셔오소서** 돌아오소서.

가시리 · 지은이 모름   83

사랑하는 임을 떠나보낼 수도, 붙잡을 수도 없는 사람이 있습니다. 떠나는 임을 그대로 보내자니 앞으로 어떻게 살아야 할지 막막합니다. 가지 말라고 붙잡아 볼까도 싶지만 그러다가 임이 마음이 상해서 영영 돌아오지 않으면 어쩌나 걱정이 되어 그렇게 할 수도 없습니다. 화자가 할 수 있는 것은, "가시난 닷 도셔오소서"(가시자마자 돌아오소서)라고 말하며 임을 보내 주는 것밖에 없습니다. 이 작품을 통해 우리는 고려 시대 사랑의 한 모습을 엿보고, 나아가 이별에 대처하는 방식에서 드러나는 고려인의 삶을 엿봅니다.

나의 한 줄 평 ....

....

★ 활동

1. 「가시리」에서 "가시리잇고"를 여러 번 반복하는 이유는 무엇일지 생각해 봅시다.

2. 「가시리」에서 화자의 정서가 어떻게 변화하고 있는지 말해 봅시다.

만흥(漫興)

윤선도

산수간 바위 아래에다 띳집을 짓는다 하였더니
내 뜻 모르는 남들은 날 비웃는다고 한다마는
무지렁이 내 마음에는 분수인가 여기노라

보리밥 풋나물을 알맞추 먹은 뒤에
바위 끝 물가에서 실컷 노니노라
여남은 일이야 부러워할 게 있으랴

술잔 들고 혼자 앉아 먼 산을 바라보니
그리워하던 님이 온다 한들 이렇게까지 반가우랴
말도 없고 웃음도 없어도 못내 좋아하노라

누구는 삼공(三公)보다 낫다 하나 만승천자(萬乘天子)가 이만
하랴

＊**만흥** 저절로 일어나는 흥취.
＊**띳집** 띠로 지붕을 이어 지은 집.
＊**무지렁이** 아무것도 모르는 어리석은 사람.
＊**여남은** 열이 조금 넘는 수의.
＊**삼공** 조선 시대 국가 주요 정책을 결정하는 알을 맡아보던 세 벼슬. 영의정, 좌의정, 우의정을 이른다

이제 생각해 보니 소부(巢父)와 허유(許由)가 현명하였구나
자연 속의 한가한 흥취는 아마도 비길 곳이 없을레라

내 성품이 게으른 걸 하늘이 아시고서
인간 만사를 한 가지 일도 맡기지 않으시고
다만 다툴 사람 없는 강산을 지키라 하시는도다

강산이 좋다 한들 내 분수로 누운 것이겠는가
임금님 은혜를 이제 더욱 알겠노이다
아무리 갚고자 해도 해 드릴 일이 없어라

* **만승천자** 하늘의 뜻을 받아 천하를 다스리는 천자를 높여서 이르는 말로, 만 대의 전쟁용 수레를 몰 수 있는 왕 또는 왕의 자리를 뜻함.
* **소부 허유** 중국 요임금 때 속세를 떠나 자연 속에 숨어 살던 인물들로, 부귀 영화를 마다하는 사람을 비유적으로 이르는 말.

2부 · 사과 없어요

원문

山水間(산수간) 바회 아래 뛰집을 짓노라 ᄒ니
그 모론 ᄂᆞᆷ들은 욷ᄂᆞᆫ다 ᄒᆞᆫ다마ᄂᆞᆫ
어리고 햐암의 뜻의ᄂᆞᆫ 내 分(분)인가 ᄒ노라

보리밥 픗ᄂᆞᄆᆞᆯ을 알마초 머근 後(후)에
바횟긋 믉ᄀᆞ의 슬ᄏᆞ지 노니노라
그 나믄 녀나믄 일이야 부ᄅᆞᆯ 줄이 이시랴

잔 들고 혼자 안자 먼 뫼흘 ᄇᆞ라보니
그리던 님이 오다 반가옴이 이리ᄒᆞ랴
말ᄉᆞᆷ도 우움도 아녀도 몯내 됴하ᄒ노라

누고셔 三公(삼공)도곤 낫다 ᄒ더니 萬乘(만승)이 이만ᄒᆞ랴
이제로 헤어든 巢父(소부) 許由(허유)ㅣ 냑돗더라
아마도 林泉閑興(임천한흥)을 비길 곳이 업세라

내 성이 게으르더니 히늘히 아른실샤
人間萬事(인간만사)를 흔 일도 아니 맛뎌
다만당 드토리 업슨 江山(강산)을 딕희라 ᄒ시도다

江山(강산)이 됴타 흔들 내 分(분)으로 누얻ᄂ냐
님군 恩惠(은혜)를 이제 더옥 아노이다
아므리 갑고쟈 ᄒ야도 ᄒ올 일이 업세라

이 시조의 제목인 '만흥'은 '흥겨움이 가득찼다.'라는 뜻입니다. 화자는 산수 간 바위 아래에 초가집을 짓고 분수에 맞게 살겠다고 합니다. 그리고 보리밥 풋나물을 먹고 바위 끝 물가에서 실컷 놀고, 잔 들고 혼자 앉아 먼 산을 바라보며 한가한 흥취를 즐기는 삶, 즉 속세에서 벗어나 자연과 함께하는 삶이야말로 '만흥'이라고 말합니다. 마지막 수에서는 이렇게 자연 속에서 행복할 수 있는 것은 모두 "임금님 은혜"라고 말하며 조선 시대 사대부의 유교적 이념도 보여 주고 있습니다.

나의 한 줄 평 ﹍﹍﹍﹍﹍﹍﹍﹍﹍﹍﹍﹍﹍﹍﹍

﹍﹍﹍﹍﹍﹍﹍﹍﹍﹍﹍﹍﹍﹍﹍﹍﹍﹍﹍﹍

★ 활동

1. 「만흥」에서 화자의 흥취가 어디에서 비롯되는지 말해 봅시다.

2. 「만흥」에서 드러나는 화자의 삶에 대한 태도를 생각해 봅시다.

2부에서 살펴본 「제망매가」는 신라 시대 월명사가 쓴 향가입니다. '제망매가(祭亡妹歌)'라는 제목은 '죽은 누이를 추모하는 노래'라는 뜻인데, 『삼국유사』에 "월명이 죽은 누이를 위하여 부처에게 공양하는 재를 올리고 향가를 지어 제사를 지냈다."라는 기록이 있습니다. 즉 「제망매가」는 누이의 제사에서 부른 노래입니다.

「제망매가」의 화자는 같은 부모에게서 태어나 오래 곁에 있을 줄 알았던 나의 혈육인 누이가 죽어서 어디로 갔을지 짐작도 되지 않는다는 점을 이야기하며 인생의 허무함을 느낍니다. 그러면서 "어느 가을 이른 바람에/이에 저에 떨어질 잎처럼"이라고 하여 누이의 죽음을 가을에 떨어지는 낙엽의 이미지로 형상화하고 있죠.

문학은 인간이라면 누구나 겪을 수 있는 일을 다룸으로써 공감을 이끌어 냅니다. 「제망매가」에서도 누이의 죽음이라는 소재로 인간 보편의 감정을 이야기합니다. 사랑하는 존재가 세상을 떠나 자신의 곁에서 사라질 때 느끼는 슬픔, 고통, 허망함, 그리움의 감정은 비단 신라 시대에만 존재하거나 특정한 개인만이 느끼는 것이 아니겠지요. 하지만 보편적인 감정을 이야기하더라도 그것을 전하는 방식이 모두 같은 것은 아닙니다.

잔디,
잔디,
금잔디,

심심산천에 붙는 불은
가신 님 무덤가에 금잔디.
봄이 왔네, 봄빛이 왔네.
버드나무 끝에도 실가지에.
봄빛이 왔네, 봄날이 왔네,
심심산천에도 금잔디에.

— 김소월 「금잔디」

　김소월 시 「금잔디」의 화자도 사랑하는 사람을 죽음으로 잃었고, 화자는 지금 "가신 님 무덤가"에 있는 것 같습니다. 무덤가 주변을 살펴보니 잔디에, 버드나무 끝에, 실가지에 봄이 왔네요. 겨울이 지나고 봄이 찾아와 온 세상에 새 생명이 싹트고, 계절의 활력으로 모든 것이 약동하고 있습니다. 하지만 화자는 결코 돌아오지 못하는 한 사람을 떠올리고 있습니다. 바로 무덤에 묻혀 있는 "가신 님"입니다. 그를 그리워하는 마음이 아무리 간절해도 그는 결코 돌아오지 못합니다.

　「제망매가」에서 낙엽이 지고 생명이 시드는 가을의 이미지를 통해 누이의 죽음을 그렸다면 「금잔디」에서는 죽음과는 대조적인, 생명이 약동하는 봄의 이미지를 통해 임의 죽음을 그립니다. 가을이라는 계절적 배경이 주는 쓸쓸함도 화자의 슬픔과 허망함을 강조해 주지만, 그와 반대로 봄이 찾아와 산천이 소생하는 모습도 화자의 절망감을 강조해 줍니다. 만물이 모두 새 생명을 얻어도 "가신 님"만은 되살아올 수 없다는 점을 깨닫게 되니까요.

「제망매가」와 「금잔디」의 화자는 죽음에 대해서도 서로 다른 태도를 보여 줍니다. 「제망매가」의 화자는 죽음도 삶의 일부임을 받아들이고 누이가 불교의 극락세계인 "미타찰"에 갔으리라 믿으며 자신도 "도 닦아 기다리겠노라."라고 말하는 종교적인 모습을 보입니다. 이는 신라 시대의 사회 문화적 배경이 담긴 것일 수도 있고, 지은이 월명사가 승려였다는 점에서 불교적 세계관을 반영한 것일 수도 있습니다. 어느 쪽이든 화자는 누이를 다시 만날 수 있으리라는 기대를 버리지 않고 있습니다. 반면 「금잔디」의 화자는 임의 무덤 곁에 있지만 가신 임과는 닿을 수 없다는 점을 깨닫습니다. 지난 겨울에 죽었다고 생각했던 잔디며 꽃눈, 잎사귀 등은 봄이 되자 되살아나지만, 무덤에 묻힌 임은 결코 돌아올 수 없고 죽음 앞에서는 아무리 사랑하는 존재라도 다시는 만날 수 없다는 점에서 큰 고통을 느낍니다. 이처럼 두 시의 화자는 서로 다른 깨달음으로 죽음을 인식하고 있습니다.

3부

산수유

나무의

농사

수라(修羅)

백
석

거미새끼 하나 방바닥에 나린 것을 나는 아모 생각 없이 문
밖으로 쓸어 버린다
　차디찬 밤이다

어니젠가 새끼거미 쓸려 나간 곳에 큰거미가 왔다
나는 가슴이 짜릿한다
나는 또 큰거미를 쓸어 문밖으로 버리며
찬 밖이라도 새끼 있는 데로 가라고 하며 서러워한다

이렇게 해서 아린 가슴이 싹기도 전이다
어데서 좁쌀알만 한 알에서 가제 깨인 듯한 발이 채 서지도
못한 무척 적은 새끼거미가 이번엔 큰거미 없어진 곳으로 와
서 아물거린다
　나는 가슴이 메이는 듯하다

✽ **수라** '아수라'의 준말. 싸움이나 그 밖의 일로 혼잡하고 어지러운 상태에 빠진 것을 말함.
✽ **어니젠가** '언젠가'의 평안도 방언.
✽ **싹기도** 삭기도. '삭다'는 긴장이나 화가 풀려 마음이 가라앉았다는 뜻.
✽ **가제** '갓', '금방'의 평안도 방언.
✽ **아물거리다** 작거나 희미한 것이 보일 듯 말 듯 하게 조금씩 자꾸 움직이다.

　　　　　　　　　　　　3부 · 산수유나무의 농사

내 손에 오르기라도 하라고 나는 손을 내어 미나 분명히 울고불고할 이 작은 것은 나를 무서우이 달어나 버리며 나를 서럽게 한다

나는 이 작은 것을 고이 보드러운 종이에 받어 또 문밖으로 버리며

이것의 엄마와 누나나 형이 가까이 이것의 걱정을 하며 있다가 쉬이 만나기나 했으면 좋으련만 하고 슬퍼한다

이 시는 아수라와 같은 세계를 그리고 있습니다. 서로 싸우면서 피
흘리는 모습보다 더 끔찍한 생지옥이 어쩌면 이런 모습일까요? 화
자는 방에 들어온 거미 한 마리를 밖에 버립니다. 잠시 뒤 그 엄마
로 보이는 거미가 나와서 "새끼 있는 데로 가라고" 버리고, 그다음
엔 더 작은 거미가 나와서 "엄마와 누나나 형" 있는 데로 가라고
또 버리지요. 거미보다 우월한 존재인 화자는 결국 거미 식구들을
뿔뿔이 흩어지게 만듭니다. 거미 입장에서 더 무서운 일은 화자의
처음 행동이 "아모 생각 없이" 이루어졌다는 거지요. 화자는 뒤늦
게 거미들에게 연민을 느껴 보지만 소용없는 일, 이 또한 아수라의
한 모습을 보여 줄 뿐입니다.

나의 한 줄 평 ....

....

★ 활동

1. 이 시는 일제 강점기 수탈이 심해지는 1930년대에 발표되었습니다. 제목을 '수라'
라고 붙인 이유를 시대 상황을 고려해서 설명해 봅시다.

2. 「수라」는 모두 3연으로 구성되었는데, 마지막 연으로 갈수록 호흡이 길어지는 이
유를 생각해 봅시다.

향수(鄉愁)

정지용

넓은 벌 동쪽 끝으로
옛이야기 지줄대는 실개천이 회돌아 나가고,
얼룩빼기 황소가
해설피 금빛 게으른 울음을 우는 곳,

— 그곳이 차마 꿈엔들 잊힐 리야.

질화로에 재가 식어지면
비인 밭에 밤바람 소리 말을 달리고,
엷은 졸음에 겨운 늙으신 아버지가
짚베개를 돋아 고이시는 곳,

— 그곳이 차마 꿈엔들 잊힐 리야.

흙에서 자란 내 마음

* 지줄대는 다정하고 나긋나긋한 소리를 내는.
* 회돌아 '휘돌아'보다 어감이 작은 말. 한자 회(回)가 결합된 말로 보기도 함.
* 해설피 해가 설핏 기울어 그 빛이 약해진 모양.
* 질화로 질흙으로 구워 만든 화로.

파아란 하늘빛이 그리워
함부로 쏜 화살을 찾으러
풀섶 이슬에 함추름 휘적시던 곳,

— 그곳이 차마 꿈엔들 잊힐 리야.

전설(傳說) 바다에 춤추는 밤물결 같은
검은 귀밑머리 날리는 어린 누이와
아무렇지도 않고 예쁠 것도 없는
사철 발 벗은 아내가
따가운 햇살을 등에 지고 이삭 줍던 곳,

— 그곳이 차마 꿈엔들 잊힐 리야.

하늘에는 석근 별
알 수도 없는 모래성으로 발을 옮기고,

✽ **함추름** '함초롬'의 사투리. 담뿍 젖어 촉촉하게.
✽ **석근** 성근. 사이가 뜬, 촘촘하지 않은.

　　　　　　　　　3부 · 산수유나무의 농사

서리 까마귀 우지짖고 지나가는 초라한 지붕,
흐릿한 불빛에 돌아앉아 도란도란거리는 곳,

— 그곳이 차마 꿈엔들 잊힐 리야.

＊ **서리 까마귀** 찬 서리가 내리는 가을철의 까마귀. 혹은 서리 맞은 까마귀.
＊ **우지짖고** 울어 지저귀고.

"그곳이 차마 꿈엔들 잊힐 리야."를 한 연으로 독립시켜 다섯 차례나 반복합니다. 무엇이 그리 간절하기에 그랬는지는 나머지 다섯 연에서 그림으로 그리듯 보여 주네요. "늙으신 아버지"와 "어린 누이", "사철 발 벗은 아내"가 "초라한 지붕" 밑에서 가난한 삶을 살고 있습니다. 하지만 들판을 흐르는 작은 개천과 그 옆에서 우는 황소, 흙으로 만든 화로와 짚으로 만든 베개가 놓인 집, 파란 하늘 등 어린 시절을 떠올리며 배경을 완성하자 가난도 고단함도 사라지는 지상 낙원이 되었습니다. 여러분에게 가장 그리운 곳은 어디인가요? 가장 그리운 사람은 누구인가요? 그 둘이 하나의 화폭에 담기면 그곳이 여러분 마음의 고향 아닐까요.

나의 한 줄 평 ─────────────────────────

──

★ 활동

1. 「향수」에서 후렴구처럼 쓰인 "그곳이 차마 꿈엔들 잊힐 리야."가 주는 효과를 설명해 봅시다.

2. 「향수」에서 "밤바람 소리 말을 달리고,"처럼 청각적 이미지를 시각화한 구절이 또 있는지 찾아봅시다.

깊은 흙

정현종

흙길이었을 때 언덕길은
깊고 깊었다.
포장을 하고 난 뒤 그 길에서는
깊음이 사라졌다.

숲의 정령들도 사라졌다.

깊은 흙
얄팍한 아스팔트.

짐승스런 편리
사람다운 불편.

깊은 자연
얕은 문명.

한 줌의 흙 속에는 수억 마리 미생물이 살고 있지요. 땅속이 삶의 터전인 그들도 우리처럼 숨 쉬고 일하고 생명 활동을 합니다. 그런데 그 위로 아스팔트가 깔립니다. 공기와 물과 햇볕이 차단됩니다. 사람들은 편리하다고 그 위를 씽씽 달리고 문명은 나날이 발전합니다. 이제 아스팔트 아래에서는 흙 속에 깃들었던 "숲의 정령"이 사라지고, 덩달아 "깊음"도 사라졌습니다. 흙을 밟고 흙에 기대어 살던 사람들은 "얕은 문명"을 얻고 "깊은 자연"을 잃었습니다. 최근에 흙을 만지거나 밟아 본 적이 있는지 떠올리며 시를 감상해 보세요.

나의 한 줄 평 ⋯⋯⋯⋯⋯⋯⋯⋯⋯⋯⋯⋯⋯⋯⋯⋯⋯⋯

⋯⋯⋯⋯⋯⋯⋯⋯⋯⋯⋯⋯⋯⋯⋯⋯⋯⋯⋯⋯⋯⋯⋯⋯⋯⋯⋯⋯⋯

✱ 활동

1. 「깊은 흙」 4연의 "짐승스런 편리/사람다운 불편."이라는 표현을 통해 시인이 말하고자 하는 바를 생각해 봅시다.

2. 무엇을 얻는 대신에 다른 무엇을 잃어버린 적이 있는지 자신의 경험을 말해 봅시다.

뿌리에게

나
희
덕

깊은 곳에서 네가 나의 뿌리였을 때
나는 막 갈구어진 연한 흙이어서
너를 잘 기억할 수 있다
네 숨결 처음 대이던 그 자리에 더운 김이 오르고
밝은 피 뽑아 네게 흘려보내며 즐거움에 떨던
아 나의 사랑을

먼우물 앞에서도 목마르던 나의 뿌리여
나를 뚫고 오르렴,
눈부셔 잘 부스러지는 살이니
내 밝은 피에 즐겁게 발 적시며 뻗어 가려무나

척추를 휘어 접고 더 넓게 뻗으면
그때마다 나는 착한 그릇이 되어 너를 감싸고,
불꽃 같은 바람이 가슴을 두드려 세워도
네 뻗어 가는 끝을 하냥 축복하는 나는

＊**먼우물** 먹을 수 있는 우물물.
＊**하냥** '늘'의 방언.

어리석고도 은밀한 기쁨을 가졌어라

네가 타고 내려올수록
단단해지는 나의 살을 보아라
이제 거무스레 늙었으니
슬픔만 한 두름 꿰어 있는 껍데기의
마지막 잔을 마셔 다오

깊은 곳에서 네가 나의 뿌리였을 때
내 가슴에 끓어오르던 벌레들,
그러나 지금은 하나의 빈 그릇,
너의 푸른 줄기 솟아 햇살에 반짝이면
나는 어느 산비탈 연한 흙으로 일구어지고 있을 테니

＊두름 고사리 따위의 산나물을 열 줌 정도로 엮은 것.

3부 · 산수유나무의 농사

'어머니 대지'라는 말을 들어 보았나요? 만물의 근원이 되는 대지의 풍요로움과 소중함을 상징하는 말입니다. 「뿌리에게」는 뿌리를 품어서 키워 내는 흙의 일대기입니다. 흙은 뿌리를 위해서 자신의 모든 것을 내주고 싶습니다. 자기를 딛고 쑥쑥 뻗는 뿌리의 모습에 기뻐합니다. 흙은 이제 늙었지만, 뿌리에서 푸른 줄기가 솟을 무렵 자신이 다시 연해질 것임을 압니다. 그게 자연의 순환이고, 경이로운 생태계의 진리지요. 꼭 어머니의 사랑이 아니라도 살아 있는 것들을 돌보고 축복하는 마음을 느껴 보기를 바랍니다.

나의 한 줄 평 --

★ 활동

1. 「뿌리에게」의 3연에서 말하는 "어리석고도 은밀한 기쁨"이란 어떤 의미인지 생각해 봅시다.

2. 「뿌리에게」의 화자는 "연한 흙"에서 다시 "연한 흙"으로 돌아오고 있는데, 이러한 시상 전개가 의미하는 것은 무엇인지 말해 봅시다.

길

배
창
환

흙 한 삽에 이 세상 사람보다 많은 생명이 살고 있어

새벽 이슬빛에 몸을 떠는 붉은 감 이파리에는

수만 년 사람들이 넘나들고도 남는 길이 있다.

나는 그 너머

영겁을 달려온 가야산으로 길 찾아간다.

＊**영겁** 영원한 세월.

3부 · 산수유나무의 농사

✴ 감상 길잡이

지구 상에는 80억 명이 넘는 사람들이 살고 있지만, "흙 한 삽" 속에 살고 있는 생명들에 비하면 오히려 미미한 숫자지요. 사람들은 이 지구에서 자신들이 으뜸인 양 다른 생명들을 무시하곤 하지만, 흙 한 삽 속에서도 생명들은 그물처럼 얽혀 하나의 우주를 이루고 있습니다. 여름 한철 푸르렀다 가을이면 붉게 떨어지는 "감 이파리"에도 사람들이 수만 년 쌓은 것보다 더 큰 생명의 신비가 숨어 있지요. 화자는 영원한 시간 속에 우뚝 솟은 "가야산"으로 갑니다. 거기 가면 대자연 속에서 살아갈 인간의 바른길이 보일 테니까요.

나의 한 줄 평 ··

··

✴ 활동

1. 「길」에서 "수만 년 사람들이 넘나들고도 남는 길"이 의미하는 바가 무엇인지 생각해 봅시다.

2. 우리가 다시 찾아야 할 '길', 즉 회복해야 할 삶의 태도에는 또 무엇이 있을지 말해 봅시다.

길 · 배창환

숲

정
희
성

숲에 가 보니 나무들은
제가끔 서 있더군
제가끔 서 있어도 나무들은
숲이었어
광화문 지하도를 지나며
숱한 사람들이 만나지만
왜 그들은 숲이 아닌가
이 메마른 땅을 외롭게 지나치며
낯선 그대와 만날 때
그대와 나는 왜
숲이 아닌가

✱ 제가끔 저마다 따로따로.

3부 · 산수유나무의 농사

제각기 서 있어도 나무들은 서로 기대고 나누며 더불어 살아가는 숲이 됩니다. 숲에서는 늘 새로운 생명이 움트고, 숲은 짐승들의 편안한 안식처가 되기도 하지요. 그런데 나무들만큼 빽빽한 "광화문 지하도"의 사람들은 왜 숲이 되지 못할까요? 서로에게 무관심하고 이기적으로 살아가기 바쁜 사람들이 모인 곳은 숲이 아니지요. 그런 곳에서는 서로가 낯선 얼굴로 스쳐 지나고, 아무도 편하게 마음을 열지 못하지요. 더불어 살아가야 할 공동체성을 잃은 곳은 "메마른 땅"일 뿐입니다.

나의 한 줄 평 ....

....

★ 활동

1. 「숲」에서 대조적 의미를 지니는 시어들을 찾고, 그 의미를 생각해 봅시다.

2. 「숲」의 화자가 지향하는 사회는 어떤 모습인지 말해 봅시다.

산수유나무의 농사

문태준

산수유나무가 노란 꽃을 터트리고 있다
산수유나무는 그늘도 노랗다
마음의 그늘이 옥말려든다고 불평하는 사람들은 보아라
나무는 그늘을 그냥 드리우는 게 아니다
그늘 또한 나무의 한 해 농사
산수유나무가 그늘 농사를 짓고 있다
꽃은 하늘에 피우지만 그늘은 땅에서 넓어진다
산수유나무가 농부처럼 농사를 짓고 있다
끌어모으면 벌써 노란 좁쌀 다섯 되 무게의 그늘이다

* **옥말려들다** 안쪽으로 오그라져 말려들다.

산수유나무는 해마다 이른 봄이면 벚꽃보다 먼저 노란 꽃들을 폭
죽처럼 터트립니다. 그 무렵 우리나라 곳곳의 산수유마을에는 노
란 꽃그늘 아래로 관광객이 몰려들지요. 사람들은 당연히 찾아오
는 계절의 변화로 생각하지만, 산수유나무로서는 혹독한 겨울을
견뎌 내고 만든 첫 수확입니다. 봄바람의 기미를 누구보다 빨리 알
아채고, 눈비 한 방울도 소중히 머금었지요. 그래서 "좁쌀 다섯
되"만큼의 무게도 얻고, 작년보다 넓어진 품으로 땅 위의 존재들
을 그러안습니다. 그런데 듣자 하니, 별로 노력도 안 하면서 사람들
은 자기 '마음 그늘'은 넓어지지 않는다고 불평만 한다고 하네요.

나의 한 줄 평 ···

···

✱ **활동**

1. 「산수유나무의 농사」에서 '산수유나무 그늘'이 뜻하는 바를 생각해 봅시다.

2. '산수유나무의 그늘'과 달리 사람들은 "마음의 그늘"이 "옥말려든다"고 했는데, 그
   이유를 말해 봅시다.

나무의 꿈

손택수

자라면 뭐가 되고 싶니
의자가 되고 싶니
누군가의 책상이 되고 싶니
밟으면 삐걱 소리가 나는
계단도 있겠지
그 계단을 따라 올라가는 다락방
별빛이 들고 나는 창문틀도 있구나
누군가 그 창문을 통해 바다를
생각할지도 몰라
수평선을 넘어가는 목선을 그리워할지도 몰라
바다를 보는 게 꿈이라면
배가 되고 싶겠구나
어쩌면 그 무엇도 되지 못하고
아궁이 속 장작으로 눈을 감을지도 모르지
잊지 마렴 한 줌 재가 되었지만
넌 그때도 하늘을 날고 있는 거야

＊목선 나무로 만든 배.

누군가의 몸을 데워 주고 난 뒤
춤을 추듯 피어오르는 거야
하지만, 지금은
다만 내 잎사귀를 스치고 가는
저 바람 소리를 들어 보렴
너는 지금 바람을 만나고 있구나
바람의 춤을 따라 흔들리고 있구나
지금이 바로 너로구나

어른들은 묻습니다. "너는 뭐가 되고 싶니?" 머뭇머뭇 대답을 못하고 있으면 안타깝다는 듯 말합니다. "하루빨리 정하는 게 중요해." 생활 기록부에도 칸을 마련해 두고 해마다 뭐가 될 것인지를 적어 넣게 합니다. 요즘 우리는 "너는 어떻게 살고 싶니?"라고 질문하는 어른을 만나기 어렵습니다. 이 시에서처럼 "바다를 보는 게 꿈"이니까 "배"가 되면 좋겠구나,라고 말해 주는 어른이 그립습니다. 이 시의 마지막 여섯 행에서 노래하는 대로 "지금" 이 순간에 무엇을 만나는 일, 그리고 그것을 느끼는 일처럼 중요한 것은 없을 거예요. 오지 않은 '미래'에 자신을 빼앗기면 '지금'이 행복할 수 없을 테니까요.

나의 한 줄 평 ....

....

★ 활동

1. 자신이 품고 있는 꿈에 대해, '어떻게 살고 싶으니까, 무엇이 되고 싶다.'라는 형식을 갖추어 말해 봅시다.

2. 「나무의 꿈」에서 화자가 말을 건네는 대상은 의인화된 나무입니다. 나무를 대하는 화자의 태도나 어조가 어떠한지 생각해 봅시다.

광화문, 겨울, 불꽃, 나무

이
문
재

해가 졌는데도 어두워지지 않는다
겨울 저물녘 광화문 네거리
맨몸으로 돌아가 있는 가로수들이
일제히 불을 켠다 나뭇가지에
수만 개 꼬마전구들이 들러붙어 있다
불현듯 불꽃나무! 하며 손뼉을 칠 뻔했다

어둠도 이젠 병균 같은 것일까
밤을 끄고 휘황하게 낮을 켜 놓은 권력들
내륙 한가운데에 서 있는
해군 장군의 동상도 잠들지 못하고
문 닫은 세종문화회관도 두 눈 뜨고 있다

엽록소를 버린 겨울나무들
한밤중에 이상한 광합성을 하고 있다
광화문은 광화문(光化門)

❋ **휘황하다** 광채가 나서 눈부시게 번쩍이다.

뿌리로 내려가 있던 겨울나무들이
저녁마다 황급히 올라오고
겨울이 교란당하고 있는 것이다
밤에도 잠들지 못하는 사람들
광화문 겨울나무 불꽃나무들

* 교란당하다 마음이나 상황 따위가 뒤흔들려서 어지럽고 혼란스럽게 되다.

✳ 감상 길잡이

온몸에 전깃줄을 친친 감고 알전구에 불을 켠 채 밤새 서 있어야 하는 겨울나무의 입장을 생각해 본 적 있나요? 나무는 잠잘 시간을 빼앗기고, 이파리도 태양도 없이 광합성을 억지로 강요당합니다. 오로지 사람들의 밤을 휘황찬란하게 해 주기 위해서요. "밤을 끄고 휘황하게 낮을 켜 놓은" 이들은 누구일까요? 화자는 그런 "불꽃나무"를 바라보면서, 어둠을 "병균"처럼 몰아내 버린 인간에게 경고를 던지고 있습니다. 어둠이 사라진 곳에서는 인간 또한 밤새 쉴 수가 없지요. 화려한 현대 문명을 유지하기 위해서는 인간도 겨울나무처럼 "이상한 광합성"을 해야 하니까요.

나의 한 줄 평 ....

....

✳ 활동

1. 「광화문, 겨울, 불꽃, 나무」의 2연에서 "권력들"이 의미하는 것에 대해 생각해 봅시다.

2. 「광화문, 겨울, 불꽃, 나무」의 3연에서 "겨울이 교란당하고 있는 것이다"라는 표현은 무엇을 의미하는지 생각해 봅시다.

귀천

천상병

나 하늘로 돌아가리라
새벽빛 와 닿으면 스러지는
이슬 더불어 손에 손을 잡고,

나 하늘로 돌아가리라
노을빛 함께 단둘이서
기슭에서 놀다가 구름 손짓하면은,

나 하늘로 돌아가리라.
아름다운 이 세상 소풍 끝내는 날,
가서, 아름다웠더라고 말하리라……

* **귀천(歸天)** 넋이 하늘로 돌아간다는 뜻으로, 사람의 죽음을 이르는 말.

이 시는 3연 9행에 불과한 짧은 시지만, 삶과 죽음에 대한 깊은 성찰이 담겨 긴 여운이 느껴집니다. 1연의 "이슬"과 2연의 "노을빛"은 아름다운 삶을 비유합니다. 하지만 안타깝게도 금방 소멸하는 존재들이기도 하지요. 3연에 나오는 "소풍" 또한 삶의 즐거움을 드러내지만, 역시 영원히 지속할 수 없음을 암시합니다. 실제로 이 시를 쓴 시인은 일평생 시련과 아픔을 겪었습니다. 그래서인지 "아름다웠더라고" 이 지상에서의 삶을 긍정하는 목소리가 깊은 울림을 줍니다. 삶과 죽음의 경계를 넘어서지 않고서는 낼 수 없는 목소리지요.

나의 한 줄 평 --

★ 활동

1. 「귀천」에서 유한하지만 아름다운 인간의 삶을 비유하는 시어들을 찾아봅시다.

2. 「귀천」에서 화자가 지니고 있을 법한 삶의 태도에 대해 말해 봅시다.

청산별곡(靑山別曲)

살어리 살어리랏다 청산에 살어리랏다
머루랑 다래랑 먹고 청산에 살어리랏다
얄리얄리 얄랑성 얄라리 얄라

울어라 울어라 새여 자고 일어나 울어라 새여
널라와 시름 한 나도 자고 일어나 우니노라
얄리얄리 얄라성 얄라리 얄라

가던 새 가던 새 본다 물 아래 가던 새 본다
잉 무든 장글란 가지고 물 아래 가던 새 본다
얄리얄리 얄라성 얄라리 얄라

✽ 살어리랏다 살고 싶구나. 살겠노라.
✽ 얄리얄리 얄라성 얄라리 얄라 음악적 효과를 위한 후렴구로, 별다른 뜻이 없음.
✽ 널라와 시름 한 너보다 시름 많은.
✽ 가던 새 날아가던 새. 혹은 갈던 사래(밭의 이랑).
✽ 잉 무든 장글란 이끼 묻은 쟁기를. 날이 무딘 병기를.

120   3부 · 산수유나무의 농사

이링공 저링공 하여 낮일랑 지내와손저
올 이도 갈 이도 없는 밤은 또 어찌호리라
얄리얄리 얄라셩 얄라리 얄라

어디라 던지던 돌코 누리라 맞히던 돌코
믜리도 괴리도 없이 맞아서 우니노라
얄리얄리 얄라셩 얄라리 얄라

살어리 살어리랏다 바다에 살어리랏다
나마자기 구조개랑 먹고 바다에 살어리랏다
얄리얄리 얄라셩 얄라리 얄라

* 이링공 저링공 하여 이럭저럭하여. 이렇게 저렇게 하여.
* 낮일랑 지내와손저 낮에는 지내 왔지만.
* 믜리도 괴리도 미워할 이도 사랑할 이도.
* 나마자기 나문재. 해변가에 나는 풀.
* 구조개 굴과 조개를 아울러 이르는 말.

가다가 가다가 듣노라 에정지 가다가 듣노라
사슴이 짐대에 올라서 해금(奚琴)을 혀거를 듣노라
얄리얄리 얄라셩 얄라리 얄라

가다니 배부른 독에 설진 강수를 빚어라
조롱꽃 누룩이 매워 잡사와니 내 어찌하리잇고
얄리얄리 얄라셩 얄라리 얄라

＊ **에정지** 정확한 뜻은 알 수 없으나 '외딴 부엌', '작은 부엌', '들판', '새 고장' 등으로 해석하기도 함.
＊ **짐대** 장대.
＊ **혀거를** 켜거늘. 혹은, 켜는 것을.
＊ **가다니** 가다 보니.
＊ **설진 강수** '짙고 독한 술'로 추측됨.
＊ **조롱꽃 누룩이 매워** 조롱박꽃처럼 생긴 누룩이 매워. 누룩이 잘 발효되었다는 뜻으로 추측됨.

십 년을 경영하여

십 년을 경영하여 초려 삼간(草廬三間) 지어 내니
나 한 간 달 한 간에 청풍(淸風) 한 간 맡겨 두고
강산(江山)은 들일 데 없으니 둘러 두고 보리라.

* **경영하여** 기초를 닦고 계획을 세워 어떤 일을 해 나가. 여기서는 '생활을 알뜰하게 꾸려 나가'의 뜻.
* **초려 삼간** 세 칸밖에 안 되는 초가라는 뜻으로 아주 작은 집을 이르는 말. '초려'는 초가집을 뜻함.
* **청풍** 맑은 바람.

십 년을 경영하여 · 송순

「청산별곡」은 대표적인 고려 시대 노래로, 유랑민이나 피난민, 사랑의 비애를 안은 사람, 시대에 좌절한 지식인 등 시적 화자를 누구로 볼 것이냐에 따라 다양한 해석을 불러옵니다. 이들이 생각하는 이상적인 자연 공간인 "청산"이나 "바다"는 현실적이고 세속적인 공간과 대립하는 모양새를 보이지요. 「십 년을 경영하여」에서는 자연과 인간을 나누는 경계를 허물고 자연과 하나가 되는 화자의 여유로움이 나타납니다. 자연과 조화로운 삶을 추구했던 조선 시대 사대부들의 자연관이 드러난 대표적인 작품이라고 할 수 있습니다. 화자가 처한 상황이나 위치에 따라 자연을 대하는 태도는 이처럼 달라집니다.

나의 한 줄 평 ....

....

✱ 활동

1. 「청산별곡」에서 "청산"과 "바다"는 어떤 의미를 지닌 공간인지 말해 봅시다.

2. 「십 년을 경영하여」에서 화자의 소박한 삶이 드러나는 소재를 찾아봅시다.

논밭 갈아 기음 매고

지은이 모름

논밭 갈아 기음 매고 베잠방이 대님 쳐 신들메고

낫 갈아 허리에 차고 도끼 벼려 둘러메고 무림산중(茂林山中)

들어가서 삭다리 마른 섶을 베거니 자르거니 지게에 짊어 지

팡이 받쳐 놓고 새옴을 찾아가서 점심 도슭 부시이고 곰방대

를 톡톡 떨어 잎담배 피워 물고 콧노래 졸다가

석양이 재 넘어갈 제 어깨를 추스르며 긴 소리 짧은 소리

하며 어이 갈꼬 하더라

＊기음 김. '김매다'는 논밭에 난 잡풀을 뽑아내다라는 뜻.
＊베잠방이 베로 지은 짧은 남성용 홑바지.
＊대님 한복에서 바짓가랑이의 발목 부분을 졸라매는 끈.
＊신들메고 들메끈을 매고. 즉 신이 벗어지지 않도록 끈으로 발에다 동여매고.
＊무림산중 숲이 우거진 산속.
＊삭다리 삭정이.
＊섶 땔나무를 통틀어 이르는 말.
＊새옴 샘.
＊도슭 부시이고 도시락을 다 비우고.
＊곰방대 살담배를 피우는 데에 쓰는 짧은 담뱃대.

상춘곡(賞春曲)

속세에 묻힌 분들, 이내 생애 어떠한가.

옛사람 풍류에 미칠까 못 미칠까.

이 세상 남자 몸이 나만 한 이 많건마는

자연에 묻혀 산다고 즐거움을 모르겠는가.

초가집 몇 칸을 푸른 시내 앞에 두고

송죽(松竹) 울창한 곳에 자연의 주인 되었구나.

엊그제 겨울 지나 새봄이 돌아오니

복숭아꽃, 살구꽃은 석양에 피어 있고

푸른 버들, 향긋한 풀은 가랑비에 푸르도다.

칼로 재단했는가, 붓으로 그려 냈는가.

조물주의 솜씨가 사물마다 신비롭구나.

수풀에 우는 새는 봄 흥취에 겨워

소리마다 교태로다.

물아일체이니 흥이야 다를쏘냐.

사립문 주변 걸어 보고 정자에도 앉아 보고

✳ **상춘** 봄을 맞아 경치를 구경하며 즐김.
✳ **송죽** 소나무와 대나무를 아울러 이르는 말.
✳ **교태** 아양을 부리는 태도.
✳ **물아일체** '나(자아)'와 '외부 세계'가 어울려 하나가 됨.

3부 • 산수유나무의 농사

산보하며 읊조리니 산중 생활 적적한데,

한가함 속 즐거움을 알 이 없이 혼자로다.

이봐, 이웃들아, 산수 구경 가자꾸나.

답청(踏靑)은 오늘 하고 욕기(浴沂)는 내일 하세.

아침에 나물 캐고 저녁에 낚시하세.

갓 익은 술을 갈건으로 걸러 놓고

꽃나무 가지 꺾어 잔 수 세며 먹으리라.

화창한 바람이 살짝 불어 푸른 시내 건너오니

맑은 향은 잔에 지고 붉은 꽃잎은 옷에 지네.

술독이 비었거든 나에게 아뢰어라.

아이더러 술집에서 술 받아 오라 하여

어른은 막대 잡고 아이는 술을 메고

흥얼대며 걸어서 시냇가에 혼자 앉아

맑은 모래 깨끗한 물에 잔 씻어 부어 들고

맑은 물 굽어보니 복숭아꽃 떠오는구나.

＊ **답청** 들에 나가 새봄에 돋은 풀을 밟는 것.
＊ **욕기** 냇물에서 목욕한다는 뜻으로, 명예와 이익을 잊고 유유자적함을 이르는 말.
＊ **갈건** 칡으로 짠 베로 만든 두건.

상춘곡 · 정극인

무릉도원 가깝도다, 저 들이 그곳인가.

솔숲 오솔길에 진달래 부여잡고

봉우리에 급히 올라 구름 속에 앉아 보니

수많은 집들이 곳곳에 벌여 있네.

연하일휘(煙霞日輝)는 비단을 펼친 듯,

엊그제 검던 들이 봄빛도 넘치는도다.

공명(功名)도 날 꺼리고 부귀도 날 꺼리니

청풍명월(淸風明月) 외에 어떤 벗이 있으리오.

단표누항(簞瓢陋巷)에 헛된 생각 아니 하네.

아무튼, 한평생 삶이 이만한들 어떠하리.

✱ 연하일휘 안개와 노을과 빛나는 햇살이라는 뜻으로, 아름다운 자연 경치를 비유적으로 이르는 말.
✱ 공명 공을 세워서 자기의 이름을 널리 드러냄. 또는 그 이름.
✱ 청풍명월 맑은 바람과 밝은 달.
✱ 단표누항 누추한 거리에서 먹는 한 그릇의 밥과 한 바가지의 물이라는 뜻으로, 선비의 청빈한 생활을 이르는 말.

3부 · 산수유나무의 농사

사설시조인 「논밭 갈아 기음 매고」는 농부의 하루 일과가 생생히 묘사되어 생동감이 느껴집니다. 스스로 일하는 사람이 아니라면 얻을 수 없는 세세한 표현들 덕분이지요. 형식적으로는 평시조보다 길이가 늘어난 중장에서 흥겨움과 운율감을 잘 살려 내고 있습니다. 「상춘곡」은 봄을 맞은 자연의 아름다움과 그것을 즐기는 삶의 기쁨을 노래한 조선 시대 가사입니다. 「상춘곡」은 이후에 창작되는 가사 문학, 특히 현실 정치에서 물러나 자연에 묻혀 안빈낙도 하는 삶을 그리는 작품들에 큰 영향을 주었습니다.

나의 한 줄 평

★ 활동

1. 「논밭 갈아 기음 매고」에서는 농부의 하루 일과가 잘 묘사되어 있습니다. 농부인 화자가 갖는 일상적 태도는 어떤지 말해 봅시다.

2. 「상춘곡」에서 화자는 공간을 이동하며 봄 풍경을 즐기고 있습니다. 화자가 이동한 공간을 차례대로 말해 봅시다.

정희성의 시 「숲」에서는 "제가끔 서 있어도 나무들은/숲이었" 다고 말합니다. 우리는 숲이 지니는 가치에 대해서 여러 가지를 꼽습니다. 숲은 다양한 생물들의 서식지이고 지구의 기후를 조절하며 나무의 뿌리로 토양을 고정해 홍수를 막습니다. 또 인간에게는 중요한 자원이 되기도 합니다. 나무 한 그루만으로는 할 수 없는 일을 나무가 모여서 숲을 이루면 할 수 있습니다. 숲은 더 많은 생명을 살리는 나무들의 공동체인 셈입니다. 그런데 사람들은 어떤가요? "광화문 지하도를 지나며/숱한 사람들이 만나지만" "이 메마른 땅을 외롭게 지나"칠 뿐입니다. 그래서 「숲」에서는 "낯선 그대와 만날 때/그대와 나는 왜/숲이 아닌가"라고 묻습니다.

숲을 멀리서 바라보고 있을 때는 몰랐다
나무와 나무가 모여
어깨와 어깨를 대고
숲을 이루는 줄 알았다
나무와 나무 사이
넓거나 좁은 간격이 있다는 걸
생각하지 못했다
벌어질 대로 최대한 벌어진,
한데 붙으면 도저히 안 되는,
기어이 떨어져 서 있어야 하는,
나무와 나무 사이

그 간격과 간격이 모여
울울창창 숲을 이룬다는 것을
산불이 휩쓸고 지나간
숲에 들어가 보고서야 알았다

— 안도현 「간격」

　이 시에서도 숲과 나무에 대해 이야기합니다. 그런데 이 시의 화자가 주목한 것은 숲을 이루는 나무와 나무의 간격입니다. 멀리서 숲을 보았을 때는 "나무와 나무가 모여/어깨와 어깨를 대고" 있는 줄 알았는데, "산불이 휩쓸고 지나간" 뒤에야 "간격"이 중요하다는 것을 알게 되었습니다. 너무 가까이 붙어 있지 않아야 산불이 나도 서로를 태우지 않고 숲을 지킬 수 있습니다. "기어이 떨어져 서 있어야" 진정 울창한 숲을 이룬다는 사실을 깨달은 것이죠. 이는 사람 사이도 마찬가지입니다. 서로 독립적 공간을 존중하면서 적절한 거리를 유지할 때 건강한 공동체를 이룰 수 있습니다.
　정희성의 「숲」과 안도현의 「간격」은 모두 숲과 나무라는 자연을 통해 사람 사이의 관계에 대해 이야기한다는 공통점이 있습니다. 하지만 「숲」이 타인과 어떻게 연결되어 함께 공동체를 이루며 살 것인가에 대한 성찰을 담고 있다면, 「간격」은 전체 속에서 개별의 독립성을 존중하는 것의 중요성을 말하고 있습니다. 이처럼 시에서는 같은 소재를 활용하면서도 삶에 대한 다양한 인식과 깨달음을 보여 줄 수 있습니다.

4부

들꽃 같은 시

고향

정
지
용

고향에 고향에 돌아와도
그리던 고향은 아니러뇨.

산꿩이 알을 품고
뻐꾸기 제철에 울건만,

마음은 제 고향 지니지 않고
머언 항구로 떠도는 구름.

오늘도 뫼 끝에 홀로 오르니
흰 점 꽃이 인정스레 웃고,

어린 시절에 불던 풀피리 소리 아니 나고
메마른 입술에 쓰디쓰다.

고향에 고향에 돌아와도
그리던 하늘만이 높푸르구나.

　　　　　　　　　　4부・들꽃 같은 시

앞서 살펴본 「향수」에서 고향이 "차마 꿈엔들 잊힐 리야."라고 노래했던 시인이 이 시에서는 고향에 돌아왔지만 "그리던 고향은 아니"라고 슬퍼하네요. 아무리 둘러봐도 고향의 자연은 그대로인데 왜 그럴까요? 어린 시절의 "풀피리 소리"가 안 난다고 말하는 화자에게 무슨 일이 있었던 걸까요? 화자의 마음이 "제 고향"을 지니지 못하고 방황하는 걸 보면, 고향을 떠난 뒤의 삶이 순탄치 않았음을 짐작하게 합니다. 일제 강점기라는 당시의 시대 상황을 생각하면 화자가 겪었을 내적 변화는 더욱 극심했을 것으로 보입니다.

나의 한 줄 평 ┄┄┄┄┄┄┄┄┄┄┄┄┄┄┄┄┄┄┄┄┄┄┄┄

┄┄┄┄┄┄┄┄┄┄┄┄┄┄┄┄┄┄┄┄┄┄┄┄┄┄┄┄┄┄┄┄┄┄┄┄┄┄

✱ 활동

1. 「고향」에서 5연의 "메마른 입술에 쓰디쓰다."라는 표현의 의미와 효과를 말해 봅시다.

2. 「고향」에서 변함없는 고향의 자연을 그린 시어들을 찾아봅시다.

흰 바람벽이 있어

백석

오늘 저녁 이 좁다란 방의 흰 바람벽에

어쩐지 쓸쓸한 것만이 오고 간다

이 흰 바람벽에

희미한 십오 촉(十五燭) 전등이 지치운 불빛을 내어던지고

때 글은 다 낡은 무명 샤쯔가 어두운 그림자를 쉬이고

그리고 또 달디단 따끈한 감주나 한잔 먹고 싶다고 생각하

는 내 가지가지 외로운 생각이 헤매인다

그런데 이것은 또 어인 일인가

이 흰 바람벽에

내 가난한 늙은 어머니가 있다

내 가난한 늙은 어머니가

이렇게 시퍼러둥둥하니 추운 날인데 차디찬 물에 손은 담

그고 무이며 배추를 씻고 있다

또 내 사랑하는 사람이 있다

내 사랑하는 어여쁜 사람이

* 바람벽 전통 한옥 구조에서 볼 수 있는 것으로, 방 주위 벽에 바람을 막도록 설치한 벽.
* 촉 예전에 빛의 세기를 나타내던 단위.
* 때 글은 때가 타서 약간 검게 된. '글다'는 '그을다'의 준말.
* 생각하는 내 생각하는 동안.

4부 · 들꽃 같은 시

어늬 먼 앞대 조용한 개포가의 나즈막한 집에서

그의 지아비와 마조 앉어 대구국을 끓여 놓고 저녁을 먹는다

벌써 어린것도 생겨서 옆에 끼고 저녁을 먹는다

그런데 또 이즈막하야 어늬 사이엔가

이 흰 바람벽엔

내 쓸쓸한 얼골을 쳐다보며

이러한 글자들이 지나간다

— 나는 이 세상에서 가난하고 외롭고 높고 쓸쓸하니

살어가도록 태어났다

그리고 이 세상을 살어가는데

내 가슴은 너무도 많이 뜨거운 것으로 호젓한 것으로

사랑으로 슬픔으로 가득 찬다

그리고 이번에는 나를 위로하는 듯이 나를 울력하는 듯이

눈질을 하며 주먹질을 하며 이런 글자들이 지나간다

✳ **앞대** 말하는 사람의 위치에서 남쪽을 가리키는 말.

✳ **개포가** '갯가'의 평북 방언으로, 강이나 내에 바닷물이 드나드는 곳.

✳ **이즈막하야** 이즈음에 이르러.

✳ **호젓하다** 매우 홀가분하여 쓸쓸하고 외롭다.

✳ **울력하다** 사전적인 의미는 '여러 사람이 힘을 합하여 일하다'라는 뜻이나, 여기서는 '힘으로 상대
방을 압도하다'라는 의미에 가까우므로 '위협하다', '위압하다'와 비슷한 뜻.

— 하늘이 이 세상을 내일 적에 그가 가장 귀해하고 사랑하는 것들은 모두

　가난하고 외롭고 높고 쓸쓸하니 그리고 언제나 넘치는 사랑과 슬픔 속에 살도록 만드신 것이다

　초생달과 바구지꽃과 짝새와 당나귀가 그러하듯이

　그리고 또 프랑시스 잠과 도연명과 라이너 마리아 릴케가 그러하듯이

✽ **귀해하고** 귀하게 여기고.
✽ **바구지꽃** 박꽃.
✽ **짝새** 뱁새.
✽ **프랑시스 잠**(Francis Jammes) 프랑스 시인(1868~1938). 일생의 대부분을 자연 속에 파묻혀 살면서 자연의 풍물을 순박하게 노래함.
✽ **도연명**(陶淵明) 중국 동진의 시인(365~427). 자연을 노래한 시를 주로 씀.
✽ **라이너 마리아 릴케**(Rainer Maria Rilke) 체코 태생의 독일 시인(1875~1926). 인간 존재의 의미를 추구하고 종교성이 강한 독자적 경지를 개척함.

이 시는 1941년 『문장』이라는 잡지에 처음으로 발표되었는데, 지금
읽어도 신선하고 창의적인 표현 방식이 돋보입니다. "좁다란 방"이
라는 극장에서 "흰 바람벽"을 스크린 삼아 영화 한 편이 돌아갑니
다. 시인 자신일 것 같은 주인공의 "가난하고 외롭고 높고 쓸쓸"한
삶이 그려집니다. 영화가 절정에 이르면, 그렇게 사는 것이 "프랑시
스 잠", "도연명", "릴케" 같은 시인의 삶이며, 모든 귀하고 사랑스
러운 존재들의 삶 또한 다르지 않다는 말이 자막으로 흐릅니다. 이
때쯤 주인공은 "넘치는 사랑과 슬픔 속에 살도록" 마련된 자신의
삶을 깨달으면서 영화는 끝이 납니다.

나 의 한 줄 평 ┈┈┈┈┈┈┈┈┈┈┈┈┈┈┈┈┈┈┈

┈┈┈┈┈┈┈┈┈┈┈┈┈┈┈┈┈┈┈┈┈┈┈┈┈┈┈┈┈┈┈

✻ 활동

1. 「흰 바람벽이 있어」에서 "흰 바람벽"이 지니는 의미와 기능에 대해서 생각해 봅
   시다.

2. 「흰 바람벽이 있어」의 화자가 자신의 삶을 긍정적으로 수용하고 고난을 극복하고
   자 하는 의지를 드러내고 있는 구절을 찾아봅시다.

산에 가면

박
재
삼

산에 가면
우거진 나무와 풀의
후덥지근한 냄새,

혼령도 눈도 코도 없는 것의
흙냄새까지 서린
아, 여기다, 하고 눕고 싶은
목숨의 골짜기 냄새,

한동안을 거기서
내 몸을 쉬다가 오면
쉬던 그때는 없던 내 정신이
비로소 풀빛을 띠면서
나뭇잎 반짝어림을 띠면서
내 몸 전체에서
정신의 그릇을 넘는
후덥지근한 냄새를 내게 한다.

4부 · 들꽃 같은 시

산에 가서 나무와 풀과 호흡하면 상쾌해집니다. 머리도 맑아지고 마음도 편안하게 해 주는 숲을 '초록 의사'라 하기도 하지요. 이 시의 화자는 1연에서 산에 가서 "후덥지근한 냄새"를 맡습니다. 2연에서는 자연의 생명력이 살아 있는 "목숨의 골짜기"에서 모든 생명의 원천인 "흙냄새"를 맡으며 삶에 지친 몸과 마음을 치유받습니다. 3연에서는 산에서 치유받고 온 뒤의 변화를 노래하지요. 죽음과 다름없이 정신이 없는 상태였다가 '초록 의사'를 만나고 온 뒤 화자는 생명력을 회복합니다. 나무와 풀에서 나는 "후덥지근한 냄새"를 풍기는 존재가 되지요.

나의 한 줄 평 ....

....

★ 활동

1. 「산에 가면」의 화자에게 "산"은 어떤 공간인지 생각해 봅시다.

2. 「산에 가면」에서 후각적 심상이 두드러지는 구절과 단어를 찾아봅시다.

나무에 깃들여

정현종

나무들은
난 대로가 그냥 집 한 채
새들이나 벌레들만이 거기
깃들인다고 사람들은 생각하면서
까맣게 모른다 자기들이 실은
얼마나 나무에 깃들여 사는지를!

나무는 뿌리 내린 그 자리가 "그냥 집 한 채"인, 늘 살아 숨 쉬고 누구에게나 열린 존재이지요. 두 팔은 하늘을 안고 있어요. 그래서 세상에서 가장 넓은 집이기도 합니다. 그곳에 새가 날아들고, 벌레가 깃들고, 햇살이 그늘로 변신하고, 바람이 놀다 가기도 합니다. 수천수만 년 전부터 사람들도 나무로 집을 짓고 배를 만들고 열매를 따 먹었습니다. 다른 존재들처럼 "나무에 깃들여" 살아왔지요. 그러나 이제 사람들은 그것을 "까맣게" 잊은 걸까요? 그러지 않고서는 길을 넓힌다고 수백 년 된 나무들을 베고, 공장을 짓는다고 숲을 함부로 없애지 않을 테니까요.

나의 한 줄 평 ....

....

★ 활동

1. 「나무에 깃들여」에서 "나무"는 어떤 의미를 가진 존재인지 생각해 봅시다.

2. 「나무에 깃들여」의 화자가 사람들의 태도를 비판하는 이유를 말해 봅시다.

우화의 강 1

마
종
기

사람이 사람을 만나 서로 좋아하면
두 사람 사이에 물길이 튼다.
한쪽이 슬퍼지면 친구도 가슴이 메이고
기뻐서 출렁거리면 그 물살은 밝게 빛나서
친구의 웃음소리가 강물의 끝에서도 들린다.

처음 열린 물길은 짧고 어색해서
서로 물을 보내고 자주 섞여야겠지만
한 세상 유장한 정성의 물길이 흔할 수야 없겠지.
넘치지도 마르지도 않는 수려한 강물이 흔할 수야 없겠지.

긴말 전하지 않아도 미리 물살로 알아듣고
몇 해쯤 만나지 못해도 밤잠이 어렵지 않은 강,
아무려면 큰 강이 아무 의미도 없이 흐르고 있으랴.
세상에서 사람을 만나 오래 좋아하는 것이
죽고 사는 일처럼 쉽고 가벼울 수 있으랴.

＊유장하다 급하지 않고 느릿하다.

큰 강의 시작과 끝은 어차피 알 수 없는 일이지만
물길을 항상 맑게 고집하는 사람과 친하고 싶다.
내 혼이 잠잘 때 그대가 나를 지켜보아 주고
그대를 생각할 때면 언제나 싱싱한 강물이 보이는
시원하고 고운 사람을 친하고 싶다.

좋은 사람을 만나서 물길을 트고, 하나의 강이 되어 깊고 맑게 흐르고 싶은 것은 우리 모두의 소망이지요. 슬픔도 기쁨도 함께하고, 긴말이 필요 없이 물끄러미 바라만 보아도 좋고요. 오래 만나지 않았는데도 늘 곁에 있는 듯한 사람을 바랍니다. 그런 "사람을 만나 오래 좋아하는" 일은 어쩌면 "죽고 사는 일"보다 결코 가볍지 않을 겁니다. 그래서 화자는 꿈을 꿉니다. 자신의 삶을 "항상 맑게" 살아가려 하는 사람, 싱싱한 강물처럼 "시원하고 고운 사람"과 만날 날을요. 그런데 그런 사람을 만나 친해지려면, 우리 스스로는 어떤 사람이 되어야 할까요?

나의 한 줄 평 ---------------------------------

✹ **활동**

1. 「우화의 강 1」에서 가장 마음에 드는 구절을 고르고, 그 이유를 말해 봅시다.

2. 「우화의 강 1」의 4연에서 "물길을 항상 맑게 고집하는 사람과 친하고 싶다."는 어떤 의미인지 생각해 봅시다.

한 그리움이 다른 그리움에게

어느 날 당신과 내가
날과 씨로 만나서
하나의 꿈을 엮을 수만 있다면
우리들의 꿈이 만나
한 폭의 비단이 된다면
나는 기다리리, 추운 길목에서
오랜 침묵과 외로움 끝에
한 슬픔이 다른 슬픔에게 손을 주고
한 그리움이 다른 그리움의
그윽한 눈을 들여다볼 때
어느 겨울인들
우리들의 사랑을 춥게 하리
외롭고 긴 기다림 끝에
어느 날 당신과 내가 만나
하나의 꿈을 엮을 수만 있다면

✱ 날 천, 돗자리, 짚신 따위를 짤 때 세로로 놓는 실.
✱ 씨 천, 돗자리, 짚신 따위를 짤 때 가로로 놓는 실.

이 시를 한 통의 연애편지라 생각하고 읽어 볼까요? 저는 그저 한 개 순수한 "그리움" 덩어리일 뿐입니다. 당신 또한 저와 같아서 또 다른 "그리움" 덩어리일 테죠. 그러나 홀로는 아무것도 아니던 그리움 덩어리들이 서로 만나면 비로소 "우리"가 됩니다. 우리 사랑의 징표인 "한 폭의 비단"도 지을 수 있지요. 그렇게만 된다면, 우리에게 닥쳐올 어떤 어려움도 이겨 낼 수 있습니다. 슬픔이 닥치면 함께 나누고, 또다시 그리워진다 해도 당신이 저를 보아 주던 그윽한 눈빛이면 얼마든지 견딜 수 있습니다. 저는 사랑이 가진 힘을 알아요. "외롭고 긴 기다림 끝에" 만난 당신이 저에게 가르쳐 주셨잖아요.

나의 한 줄 평 ┈┈┈┈┈┈┈┈┈┈┈┈┈┈┈┈┈┈┈┈┈┈┈┈┈

┈┈┈┈┈┈┈┈┈┈┈┈┈┈┈┈┈┈┈┈┈┈┈┈┈┈┈┈┈┈┈┈┈┈┈

✸ 활동

1. 「한 그리움이 다른 그리움에게」에서 "당신"을 향한 "나"의 태도를 살펴보면서 두 사람이 어떤 관계인지 생각해 봅시다.

2. 「한 그리움이 다른 그리움에게」에서 "한 폭의 비단"이 뜻하는 바를 말해 봅시다.

택배

슬픔이 택배로 왔다
누가 보냈는지 모른다
보낸 사람 이름도 주소도 적혀 있지 않다
서둘러 슬픔의 박스와 포장지를 벗긴다
벗겨도 벗겨도 슬픔은 나오지 않는다
누가 보낸 슬픔의 제품이길래
얼마나 아름다운 슬픔이길래
사랑을 잃고 두 눈이 멀어
겨우 밥이나 먹고 사는 나에게 배송돼 왔나
포장된 슬픔은 나를 슬프게 한다
살아갈 날보다 죽어 갈 날이 더 많은 나에게
택배로 온 슬픔이여
슬픔의 포장지를 스스로 벗고
일생에 단 한 번이라도 나에게만은
슬픔의 진실된 얼굴을 보여 다오
마지막 한 방울 눈물이 남을 때까지
얼어붙은 슬픔을 택배로 보내고
누가 저 눈길 위에서 울고 있는지
그를 찾아 눈길을 걸어가야 한다

늘 기쁨을 가져다주던 "택배"가 어느 날 "슬픔"을 배달해 왔습니다. 누가 보냈는지도 모르고 왜 보냈는지도 모르는데, 아무리 벗겨 내고 벗겨 내도 그 실체를 다 알 수 없는 슬픔입니다. 사랑하는 사람을 잃고 "두 눈이 멀어" 있는 내가 그 슬픔을 받아 듭니다. 아마도 사랑하는 사람과의 이별, 그중에서도 '죽음'으로 맞이하는 슬픔은 이렇게 문득 찾아옵니다. 이 슬픔은 한번 받아 들면 반송도 불가능한 택배로 옵니다. 그리고 누구에게나 찾아옵니다. 그래서 화자는 "저 눈길 위에서 울고 있는" 또 다른 누군가를 찾아가서 그와 함께 슬픔을 나누려고 합니다.

나의 한 줄 평

✸ 활동

1. 자신에게도 슬픔이 택배로 온다면, 어떤 내용의 슬픔일지 말해 봅시다.

2. 「택배」에서 마지막 행의 "그"는 어떤 존재인지 생각해 봅시다.

산속에서

나
희
덕

길을 잃어 보지 않은 사람은 모르리라
터덜거리며 걸어간 길 끝에
멀리서 밝혀져 오는 불빛의 따뜻함을

막무가내의 어둠 속에서
누군가 맞잡을 손이 있다는 것이
인간에 대한 얼마나 새로운 발견인지

산속에서 밤을 맞아 본 사람은 알리라
그 산에 갇힌 작은 지붕들이
거대한 산줄기보다
얼마나 큰 힘으로 어깨를 감싸 주는지

먼 곳의 불빛은
나그네를 쉬게 하는 것이 아니라
계속 걸어갈 수 있게 해 준다는 것을

산속에서의 밤은 "막무가내의 어둠"뿐입니다. 길을 잃었다면 얼마나 무섭겠어요. 무언가 불쑥 나타날지도 모르고, 한 발만 잘못 디디면 큰 위험에 빠질 수도 있습니다. 그럴 때 "불빛"이 보인다면 마치 구원의 손길과도 같을 겁니다. '저기 사람이 있다.'라는 생각이 들면서 두려움은 금방 사라지겠지요. 혼자가 아니라는 믿음이 산길을 계속 걸어갈 수도 있게 해 줍니다. 살다 보면 우리는 어느 날은 길 잃은 "나그네"가 되고, 어느 날은 나그네의 "불빛"도 될 수 있습니다. 이러한 각성이 더불어 살아가야 하는 우리네 삶을 따스하게 해 준다고 할 수 있지요.

나의 한 줄 평 ....

....

★ 활동

1. 「산속에서」에서 "불빛"이 지니는 상징적 의미를 말해 봅시다.

2. 「산속에서」의 마지막 연에서 드러나는 삶의 태도가 무엇인지 생각해 봅시다.

어떤 경우

이
문
재

어떤 경우에는
내가 이 세상 앞에서
그저 한 사람에 불과하지만

어떤 경우에는
내가 어느 한 사람에게
세상 전부가 될 때가 있다.

어떤 경우에도
우리는 한 사람이고
한 세상이다.

＊ 회기동 시장 골목을 지나다가 우연히 보았다. 입간판에 영어로 이렇게 쓰여 있었다. To the world you may be one person, but to one person you may be the world. —Bill Wilson (원주)

이 시는 모두 3연으로 구성되어 있는데, 각 첫 행의 어미 변화에서 묘미를 맛볼 수 있습니다. 1, 2연에서는 "어떤 경우에는"으로 반복하다가, 3연에서 "어떤 경우에도"라고 변화를 줍니다. 시인이 보았다는 빌 윌슨의 말을 우리말로 옮기면 '세상에서 당신은 한 사람일지 모르지만, 한 사람에게 당신은 세상일 수 있다.'라는 뜻입니다. 여기서 나아가 시인은 우리들 하나하나가 무엇과도 바꿀 수 없는 하나의 세상이라고 말하고 싶은 거지요. 살다 보면 내가 참으로 하찮은 존재로 느껴질 때도 있습니다. 그럴 때, 나를 사랑해 주는 사람을 떠올려 보세요. "그저 한 사람에 불과"한 나를 늘 "세상 전부"로 여겨 주는 그 사람을요.

나의 한 줄 평 ....

....

★ 활동

1. 「어떤 경우」를 읽고, 나도 누군가의 "세상 전부"가 될 수 있을지 생각해 봅시다.

2. "어떤 경우"라는 말로 첫 행을 시작하는 자기만의 시를 써 봅시다.

들꽃 같은 시

그런 꽃도 있었나
모르고 지나치는 사람이 더 많지만
혹 고요한 눈길 가진 사람은
야트막한 뒷산 양지바른 풀밭을 천천히 걷다가
가만히 흔들리는 작은 꽃들을 만나게 되지
비바람 땡볕 속에서도 오히려 산들산들
무심한 발길에 밟히고 쓰러져도
훌훌 날아가는 씨앗을 품고
어디서고 피어나는 노란 민들레
저 풀밭의 초롱한 눈으로 빛나는 하얀 별꽃
허리 굽혀 바라보면 눈물겨운 작은 세계

참, 그런 눈길 고요한 사람의 마을에는
들꽃처럼 숨결 낮은 시들도
철마다 알게 모르게 지고 핀다네

이 시에는 "고요한 눈길 가진 사람"이 등장합니다. 그 사람은 천천히 걷고, 필요할 때면 풀밭의 꽃을 보기 위해 허리를 굽힐 줄도 알아요. 그래서 그 사람은 다른 사람이 보지 못하는 작지만 아름다운 세계를 볼 수 있습니다. 그곳에서는 "노란 민들레"와 "하얀 별꽃" 같은 들꽃들이 빛나고 있습니다. 그리고 그가 사는 마을에는 "들꽃처럼" 낮은 숨결로 노래하는 시들이 은은히 퍼져 읽히고 있습니다. 그런데 그 사람은 누구일까요? 들꽃을 좋아하고, 들꽃을 닮은 시를 좋아하는 그 사람은 아마도 시인 자신일지도 모릅니다.

나의 한 줄 평 ....

....

.

✹ **활동**

1. 「들꽃 같은 시」에서 "고요한 눈길 가진 사람"이란 어떤 사람을 말하는지 생각해 봅시다.

2. '들꽃 같은 시'라는 제목처럼 자신을 다른 사물이나 대상에 비유해 '○○ 같은 나'라는 제목으로 글을 지어 봅시다.

순간적

억지로 만든 표정은
얼룩덜룩하다

나는 흔적으로만
이야기할 수 있을 것 같다

왜 흔들리는 목소리를 갖게 됐을까

안에는 고요가 없어서
밖으로 흘러나오려 했다
뭉쳐 있다가 왈칵 쏟아지려 했다
계단처럼
윤곽을 가져 본 적 있었던 것처럼

단단하게
바닥을 딛고 서 있는 일이 어려워
휘청거렸다

중간까지 갔다가
자주 되돌아왔다

해석자의 얼굴이 아니어도 된다고 한다면
전부를 알지 못해도 된다고 한다면

물렁해져서
다 말할 수 있을 것 같다

이제는 없는 동물에 대해
매 순간 바뀌는 날씨에 대해
간격이 없는 잠의 시간에 대해

해 본 적 없는 일을 시도해 볼 수도 있다
시도는 아주 작고
굴리면 굴러가는 것

구르고 구르다가 눈덩이가 된다면

부서지거나 전부 녹는다 해도
물이 되면 그만이다

이 시에서 화자는 자주 쭈뼛거리는 것처럼 보입니다. "억지로 만든 표정"을 짓거나 "흔들리는 목소리"로 말하고, "휘청거"리고 "자주 되돌아왔다"고 고백합니다. 그러다 어느 '순간', 쭈뼛거리는 건 병이 아닐지도 모른다는 자기 내면의 목소리를 듣게 됩니다. 나를 있는 그대로 인정해 주는 사람 앞에서는 "다 말할 수 있"고, "해 본 적 없는 일"이라도 "시도"할 수 있다고 용기를 내지요. 모두 12연으로 된 이 시는 논리적으로 짜 맞추는 방식으로 읽기는 쉽지 않습니다. 그럴 땐 마음에 와닿는 구절을 만나서 거기 오래 머무는 방식으로 읽으면 좋을 거예요.

나의 한 줄 평 ....

....

★ 활동

1. 「순간적」에서 7연의 "해석자의 얼굴"은 어떤 얼굴일지 생각해 봅시다.

2. 「순간적」에서 드러나는 화자의 성향을 생각해 보고, 자신의 성격과 비슷하거나 다른 면이 담긴 구절을 찾아봅시다.

내 마음 베어 내어

내 마음 베어 내어 저 달을 만들고자
구만리장천(九萬里長天)에 번듯이 걸려 있어
고운 님 계신 곳에 가 비추어나 보리라

＊ **구만리장천** 아득히 높고 먼 하늘.
＊ **고운 님** 여기서는 '임금님'을 뜻함.

강호사시가

맹
사
성

강호(江湖)에 봄이 드니 미친 흥이 절로 난다
탁료계변(濁醪溪邊)에 금린어(錦鱗魚) 안주로다
이 몸이 한가하옴도 역군은(亦君恩)이샷다

강호에 여름이 드니 초당(草堂)에 일이 없다
유신(有信)한 강파(江波)는 보내느니 바람이로다
이 몸이 서늘하옴도 역군은이샷다

강호에 가을이 드니 고기마다 살져 있다
소정(小艇)에 그물 실어 흘리 띄워 던져 두고
이 몸이 소일하옴도 역군은이샷다

* 탁료계변 막걸리를 마시며 시냇가에서 노는 것.
* 금린어 쏘가리.
* 역군은이샷다 '이 또한 임금님의 은혜'라는 뜻의 관습적 표현.
* 초당 억새나 짚 따위로 지붕을 인 조그마한 집채로, 벼슬하지 않고 숨어 살던 선비들이 즐겨 지내던 별채.
* 유신한 강파 미더운 강물결.
* 소정 작은 배.
* 소일하다 어떠한 것에 재미를 붙여 심심하지 않게 세월을 보내다.

강호에 겨울이 드니 눈 깊이 자히 남다
삿갓 비껴 쓰고 누역으로 옷을 삼아
이 몸이 춥지 아니하옴도 역군은이샷다

＊ 자히 남다 한 자가 넘는다.
＊ 누역 도롱이. 짚 따위로 엮어 눈이나 비가 올 때 두르는 옷.

강호사시가 · 맹사성

「내 마음 베어 내어」에서 화자는 자신의 마음을 칼로 베어 "달"로 만들어 임금이 계신 궁궐을 비춤으로써 충정을 전하고 싶어 합니다. 임금을 향한 신하의 변치 않는 충정을 형상화한 노래를 '연군가' 또는 '충신연주지사'라고 하지요. 「강호사시가」는 계절에 따라 자연과 하나 되어 만족하며 지내는 모습을 노래한 최초의 연시조라고 알려져 있습니다. 특히 각 연의 끝을 "역군은이샷다"로 맺으면서 유교적 충의 사상을 뚜렷이 담은 작품이지요. 이처럼 제재와 형식은 서로 달라도 두 작품의 주제는 닮아 있습니다.

나의 한 줄 평 ....

....

★ 활동

1. 「내 마음 베어 내어」에서 "달"이 상징하는 의미를 말해 봅시다.

2. 「강호사시가」 각 연의 종장에서 반복되는 "역군은이샷다"에서 짐작할 수 있는 화자의 사상에 대해 말해 봅시다.

서경별곡(西京別曲)

서경(西京)이 아즐가

서경이 서울이지마는

위 두어렁셩 두어렁셩 다링디리

닷곤 데 아즐가

닷곤 데 소성경 고외마른

위 두어렁셩 두어렁셩 다링디리

여해므론 아즐가

여해므론 길쌈베 버리시고

위 두어렁셩 두어렁셩 다링디리

괴시란데 아즐가

괴시란데 우러곰 좋니노이다

위 두어렁셩 두어렁셩 다링디리

＊ **서경** 지금의 평양.
＊ **아즐가** 음악의 가락에 맞추기 위한 여음.
＊ **닷곤 데** 닦은 곳.
＊ **소성경** 작은 서울.
＊ **고외마른** 사랑하지마는.
＊ **여해므론** 이별하기보다는.
＊ **길쌈베** 길쌈. 옷감을 짜던 베.
＊ **괴시란데** 사랑해 주신다면.
＊ **우러곰 좋니노이다** 울면서 따르겠습니다.

서경별곡 • 지은이 모름

구슬이 아즐가

구슬이 바위에 디신달

위 두어렁셩 두어렁셩 다링디리

긴힛단 아즐가

긴힛단 그츠리잇가 나난

위 두어렁셩 두어렁셩 다링디리

즈믄 해를 아즐가

즈믄 해를 외오곰 녀신달

위 두어렁셩 두어렁셩 다링디리

신(信)잇단 아즐가

신잇단 그츠리잇가 나난

위 두어렁셩 두어렁셩 다링디리

* 디신달 떨어진들.
* 긴힛단 끈이야.
* 그츠리잇가 끊어지겠습니까?
* 즈믄 해를 천 년을.
* 외오곰 녀신달 외로이 살아간들.
* 신잇단 믿음이야.

4부 · 들꽃 같은 시

대동강(大同江) 아즐가

대동강 너븐디 몰라서

위 두어렁셩 두어렁셩 다링디리

배 내어 아즐가

배 내어 놓았느냐, 사공아

위 두어렁셩 두어렁셩 다링디리

네 각시 아즐가

네 각시 럼난디 몰라서

위 두어렁셩 두어렁셩 다링디리

녈 배에 아즐가

녈 배에 연즌다 사공아

위 두어렁셩 두어렁셩 다링디리

대동강 아즐가

대동강 건너편 꽃을

＊ 너븐디 넓은 줄.
＊ 럼난디 음란한 줄.
＊ 녈 배에 가는 배에.
＊ 연즌다 태웠느냐?

위 두어렁셩 두어렁셩 다링디리
배 타들면 아즐가
배 타들면 꺾으리이다 나난
위 두어렁셩 두어렁셩 다링디리

이 작품은 애절한 사랑과 이별의 슬픔을 노래하고 있는 고려 가요 입니다. 1연에서 생활 터전과 하던 일을 버리고서라도 임을 따르겠다는 열정을 보이고, 2연에서 임에 대한 변치 않는 사랑을 맹세하면서도, 3연에서는 임에 대한 불안감과 질투를 숨기지 않는 적극적인 여성 화자를 만날 수 있지요. 지은이가 대부분 평민층이었을 것으로 짐작되는 고려 가요는 이처럼 남녀 간의 사랑을 적극적으로 다룬다든지, 꾸밈없는 생활 감정을 표출한다든지, 순우리말을 두루 씀으로써 당시에 폭넓은 향유층을 확보했을 것으로 짐작되고 있습니다.

나 의 한 줄 평

＿＿＿＿＿＿＿＿＿＿＿＿＿＿＿＿＿＿＿＿＿

✹ 활동

1. 「서경별곡」에서 화자의 성격을 고려하여 "길쌈베 버리시고"의 의미를 말해 봅시다.

2. 「서경별곡」처럼 자신의 솔직한 감정을 담은 노랫말을 써 봅시다.

문학 수업에서 '형상화'는 매우 중요한 개념입니다. 형상화란 형체가 분명하지 않은 대상을 구체적이고 명확한 형상으로 나타내는 것, 특히 어떤 소재를 예술적으로 재창조하는 것을 뜻합니다. 문학에서의 형상화도 전달하고자 하는 추상적인 개념이나 감정을 구체적인 이미지와 언어로 선명하게 표현하는 것을 말하지요. 예를 들어 인간의 고독, 슬픔, 사랑, 자아 성찰 등을 형상화한 문학 작품이 많습니다. 이를 더 잘 이해하기 위해, 4부에서 감상한 시 몇 편을 다시 떠올려 봅시다.

백석의 「흰 바람벽이 있어」에서 화자는 자신이 "가난하고 외롭고 높고 쓸쓸하니 살아가도록 태어났다"고 토로합니다. 그런데 우리가 화자의 슬픔을 함께 느끼게 되는 것은 화자가 가난하고 외롭고 쓸쓸하다고 직접 말했기 때문만은 아닙니다. 화자는 "좁다란 방의 흰 바람벽", "희미한 십오 촉 전등"과 "다 낡은 무명 샤쯔", "어두운 그림자" 등으로 자신의 현재 상황을 보여 줍니다. 그리고 "시퍼러둥둥하니 추운 날" "차디찬 물에 손은 담그고 무이며 배추를 씻고 있"는 "가난한 늙은 어머니"와 "개포가의 나즈막한 집에서" "지아비와 마조 앉어 대구국을 끓여 놓고" "어린것도 생겨서 옆에 끼고 저녁을 먹"던 어여쁜 아내를 떠올립니다. 그러면 우리도 어느새 화자의 가난하고 쓸쓸한 삶을 구체적인 장면으로 상상하게 됩니다. 화자의 외로움과 쓸쓸함은 더 이상 추상적인 관념이 아니라 구체적이고 명확한 장면으로 형상화되면서 그의 슬픔에 공감하게 되는 것입니다.

나희덕의 「산속에서」는 길을 잃어버린 상황에서 나아갈 힘을 준 것들에 대해 말합니다. 이를 "터덜거리며 걸어간 길 끝에"서 "멀리서 밝혀져 오는 불빛", "어둠 속에서" "맞잡"은 누군가의 "손", "산속에서 밤을 맞"았을 때 만나게 된 "작은 지붕"으로 형상화하여 보여 줍니다. 그리고 마지막 연에서 "먼 곳의 불빛은/나그네를 쉬게 하는 것이 아니라/계속 걸어갈 수 있게 해 준다"라고 말합니다. 이 시를 읽고 나면, 우리 삶에서 "불빛"이란 무엇일까, 길을 잃은 사람에게 희망이 되는 것은 무엇일까 생각하게 됩니다. 그런데 만약 이 시에서 "길을 잃은 사람을 도와주세요."라든지, "계속 걸어갈 수 있도록 희망을 주세요."라고 직접적으로 말했다면 어땠을까요? 전달하려는 내용은 분명해질지 모르지만, 우리가 삶에 대해 스스로 성찰하기에는 한계가 있지 않았을까 생각합니다.

　「서경별곡」에서도 그렇습니다. 화자는 임에 대한 변함없는 사랑을 '구슬이 바위에 떨어진들 끈이야 끊어지겠습니까?', '천 년을 외로이 살아간들 믿음이야 끊어지겠습니까?'라고 구체화하여 표현하고 있는데, 이 시구를 읽고 있노라면 화자의 마음은 얼마나 절박한 것일까 생각하게 됩니다. 간절함이 느껴지는 것이지요.

　이처럼 문학 작품에서는 형상화를 통해 공감을 이끌어 내고 이해의 깊이를 더하여 독자를 몰입하게 만들 수 있습니다. 또 독자의 상상력을 자극하고 사고의 폭을 넓혀 새로운 통찰이나 깨달음으로 이끄는 효과를 얻을 수도 있습니다.

5부

사람의
시

하나씩의 별

이용악

무엇을 실었느냐 화물열차의
검은 문들은 탄탄히 잠겨졌다
바람 속을 달리는 화물열차의 지붕 우에
우리 제각기 드러누워
한결같이 쳐다보는 하나씩의 별

두만강 저쪽에서 온다는 사람들과
쟈무스에서 온다는 사람들과
험한 땅에서 험한 변 치르고
눈보라 치기 전에 고향으로 돌아간다는
남도 사람들과
북어 쪼가리 초담배 밀가루 떡이랑
나눠서 요기하며 내사 서울이 그리워
고향과는 딴 방향으로 흔들려 간다

* **쟈무스** 자무쓰. 중국 헤이룽장성 동부에 있는 도시. 구소련과 국경을 접하고 있는 곳으로, 일본 관동군의 핵심 주둔지였음.
* **초담배** 썰지 않고 잎사귀 그대로 말린 담배.

푸르른 바다와 거리거리를
설움 많은 이민 열차의 흐린 창으로
그저 서러이 내다보던 골짝 골짝을
갈 때와 마찬가지로
헐벗은 채 돌아오는 이 사람들과
마찬가지로 헐벗은 나요
나라에 기쁜 일 많아
울지를 못하는 함경도 사내

총을 안고 뽈가의 노래를 부르던
슬라브의 늙은 병정은 잠이 들었나
바람 속을 달리는 화물열차의 지붕 우에
우리 제각기 드러누워
한결같이 쳐다보는 하나씩의 별

* 뽈가 폴카, 보헤미아의 경쾌한 춤곡.
* 슬라브 유럽 동부에서 북아시아태평양 연안에 걸쳐 사는 아리안계 민족을 아울러 이르는 말.

이 작품은 1945년, 해방된 조국의 품으로 돌아오는 귀향민들 모습을 생생히 그리고 있습니다. 그러나 그 풍경은 비극적이지요. 사람들은 세찬 바람이 부는 "화물열차의 지붕" 위에 간신히 얹혀 오고 있습니다. 만주나 연해주 같은 "험한 땅에서 험한 변"을 당하기도 했다는 사람들, 고향 떠날 때와 마찬가지로 "헐벗은 채 돌아오는" 사람들의 모습이 가엾습니다. 그래도 해방의 기쁨으로 저마다 "하나씩의 별"을 가슴에 품었지요. 비록 초라한 먹을거리일망정 나눠 먹으며 저마다 희망을 품고 고향으로 흔들리며 갑니다. "함경도 사내"이면서 "서울이 그리워" 고향과 반대 방향으로 달리는 남행열차에 몸을 실은 화자도 그들 사이에 끼어서 갑니다.

나의 한 줄 평

★ 활동

1. 「하나씩의 별」에서 "별"이 뜻하는 바를 생각해 봅시다.

2. 「하나씩의 별」에서 다른 사람들과 달리 화자는 왜 고향이 아닌 서울로 향하고 있는지, 시대적 배경을 염두에 두고 생각해 봅시다.

남신의주 유동 박시봉방

백석

어느 사이에 나는 아내도 없고, 또,

아내와 같이 살던 집도 없어지고,

그리고 살뜰한 부모며 동생들과도 멀리 떨어져서,

그 어느 바람 세인 쓸쓸한 거리 끝에 헤매이었다.

바로 날도 저물어서,

바람은 더욱 세게 불고, 추위는 점점 더해 오는데,

나는 어느 목수(木手)네 집 헌 샛을 깐,

한 방에 들어서 쥔을 붙이었다.

이리하여 나는 이 습내 나는 춥고, 누굿한 방에서,

낮이나 밤이나 나는 나 혼자도 너무 많은 것같이 생각하며,

딜옹배기에 북덕불이라도 담겨 오면,

이것을 안고 손을 쬐며 재 우에 뜻 없이 글자를 쓰기도 하며,

---

* **남신의주 유동 박시봉방**(南新義州柳洞朴時逢方) 남신의주 유동에 사는 박시봉 씨 댁. '유동'은 신의
  주에 있는 동네 이름. '박시봉'은 시인 혹은 이 시의 화자가 세 들어 살던 집의 주인 이름이며, '방'
  은 편지에서 집주인 이름 뒤에 붙여 그 집에 거처하고 있음을 드러내는 말.
* **샛** 갈대를 엮어서 만든 자리. 촉감이 거칠어 주로 가난한 집에서 방바닥에 깔았다.
* **쥔을 붙이다** 주인집에 세 들다. 셋방을 얻어 살다.
* **누굿한** 메마르지 않고 녹녹한.
* **딜옹배기** 질옹자배기. 둥글넓적하고 아가리가 벌어진 작은 질그릇.
* **북덕불** 짚이나 풀, 나무 부스러기 등이 뒤섞여 엉클어진 뭉텅이에 피운 불.

또 문밖에 나가디두 않구 자리에 누워서,

머리에 손깍지 벼개를 하고 굴기도 하면서,

나는 내 슬픔이며 어리석음이며를 소처럼 연하여 쌔김질
하는 것이었다.

내 가슴이 꽉 메어 올 적이며,

내 눈에 뜨거운 것이 핑 괴일 적이며,

또 내 스스로 화끈 낯이 붉도록 부끄러울 적이며,

나는 내 슬픔과 어리석음에 눌리어 죽을 수밖에 없는 것을
느끼는 것이었다.

그러나 잠시 뒤에 나는 고개를 들어,

허연 문창을 바라보든가 또 눈을 떠서 높은 턴정을 쳐다보
는 것인데,

이때 나는 내 뜻이며 힘으로, 나를 이끌어 가는 것이 힘든
일인 것을 생각하고,

이것들보다 더 크고, 높은 것이 있어서, 나를 마음대로 굴
려 가는 것을 생각하는 것인데,

＊ **쌔김질** 새김질. 반추.
＊ **턴정** 천장.

이렇게 하여 여러 날이 지나는 동안에,

내 어지러운 마음에는 슬픔이며, 한탄이며, 가라앉을 것은 차츰 앙금이 되어 가라앉고,

외로운 생각만이 드는 때쯤 해서는,

더러 나줏손에 쌀랑쌀랑 싸락눈이 와서 문창을 치기도 하는 때도 있는데,

나는 이런 저녁에는 화로를 더욱 다가 끼며, 무릎을 꿇어 보며,

어니 먼 산 뒷옆에 바우 섶에 따로 외로이 서서,

어두워 오는데 하이야니 눈을 맞을, 그 마른 잎새에는,

쌀랑쌀랑 소리도 나며 눈을 맞을,

그 드물다는 굳고 정한 갈매나무라는 나무를 생각하는 것이었다.

* **나줏손** 저녁 무렵.
* **어니** '어느'의 평안 방언.
* **바우 섶** 바위 옆. '섶'은 '옆'의 평안, 함경 방언.
* **갈매나무** 갈매나뭇과의 낙엽 활엽 관목. 높이는 2~5미터이며, 가지에 가시가 있다.

'남신의주 유동 박시봉방', 그 당시 어느 집의 주소입니다. 실제 존재하는 주소지에서 시의 화자가 독자인 우리에게 손편지를 보내 온 것이라고 생각해 보세요. 내용은 이렇습니다. 그는 홀로 외로이 낯선 곳을 떠돌다 지금은 "어느 목수네 집"에 세 들어 살고 있습니다. 슬픔과 어리석음과 부끄러움에 눌리어 죽음 가까이 가기도 했지만, 자신의 뜻과 힘을 넘어서는 그 어떤 "더 크고, 높은 것"을 깨닫고는 다시 일어서고 있다고 말합니다. 어둡고 눈까지 내리는 현실이 아무리 어려워도 "굳고 정한 갈매나무"처럼 잘 견디고 있다고, 걱정하지 말라고 말이지요. 이제 여러분이 그에게 답장 한 통 보내 주는 건 어떨까요.

나의 한 줄 평 ·······································

·······································

★ 활동

1. 「남신의주 유동 박시봉방」에서 "갈매나무"가 의미하는 바를 말해 봅시다.

2. 「남신의주 유동 박시봉방」의 화자가 처한 상황을 생각하며 화자에게 보내는 편지를 써 봅시다.

별 헤는 밤

윤동주

계절이 지나가는 하늘에는
가을로 가득 차 있습니다.

나는 아무 걱정도 없이
가을 속의 별들을 다 헤일 듯합니다.

가슴속에 하나둘 새겨지는 별을
이제 다 못 헤는 것은
쉬이 아침이 오는 까닭이요,
내일 밤이 남은 까닭이요,
아직 나의 청춘이 다하지 않은 까닭입니다.

별 하나에 추억과
별 하나에 사랑과
별 하나에 쓸쓸함과
별 하나에 동경과

✽ 헤는 사물의 수효를 헤아리거나 꼽는. '헤다'는 '세다'의 사투리.

별 하나에 시와
별 하나에 어머니, 어머니,

어머님, 나는 별 하나에 아름다운 말 한마디씩 불러 봅니다.
소학교 때 책상을 같이했던 아이들의 이름과, 패(佩), 경(鏡),
옥(玉) 이런 이국 소녀들의 이름과, 벌써 애기 어머니 된 계집
애들의 이름과, 가난한 이웃 사람들의 이름과, 비둘기, 강아
지, 토끼, 노새, 노루, 프랑시스 잠, 라이너 마리아 릴케, 이런
시인의 이름을 불러 봅니다.

이네들은 너무나 멀리 있습니다.
별이 아슬히 멀듯이,

어머님,
그리고 당신은 멀리 북간도에 계십니다.

---

* **북간도** 일제 강점기에 한국인이 거주하던 중국 만주의 지린성 일대를 말함. 남쪽은 두만강을 사
이에 두고 북한과 접하고 동쪽은 러시아의 연해주에 접함. 일제에 항거하는 많은 한국인이 이 지
역으로 이주하여 항일 독립운동의 거점이 됨.

　　　　　　　　　　　　　　　5부 · 사람의 시

나는 무엇인지 그리워서
이 많은 별빛이 내린 언덕 위에
내 이름자를 써 보고,
흙으로 덮어 버리었습니다.

딴은 밤을 새워 우는 벌레는
부끄러운 이름을 슬퍼하는 까닭입니다.

그러나 겨울이 지나고 나의 별에도 봄이 오면
무덤 위에 파란 잔디가 피어나듯이
내 이름자 묻힌 언덕 위에도
자랑처럼 풀이 무성할 게외다.

별 헤는 밤 · 윤동주

★ **감상 길잡이**

윤동주는 연희전문학교를 졸업하던 해에 친필로 쓴 원고를 손수 묶어 세 부의 시집을 만듭니다. 시집 제목을 '하늘과 바람과 별과 시'라 정하고, 시집을 여는 첫 시로는 「서시」를, 맨 마지막 시로는 바로 이 작품 「별 헤는 밤」을 배치합니다. 자신이 걸어온 길을 모두 털어놓으려는 듯 시의 길이도 가장 깁니다. 별 하나하나에 떠오르는 이름들을 불러 봅니다. 어머니를 비롯한 사랑하는 모든 존재들, 흠모하는 외국 시인의 이름까지. 그러다 마지막으로는 자기 이름을 씁니다. 이내 부끄러워 흙으로 덮어 버린 그 이름. 하지만 봄이 오면 그곳에 "자랑처럼 풀이 무성할" 것을 예고합니다. 마치 민족 시인으로 부활할 자신의 앞날을 내다본 듯 말이지요. 그의 사후에 다른 유작들을 더하여 정식 출간된 『하늘과 바람과 별과 시』는 오늘날까지도 많은 사랑을 받고 있습니다.

나의 한 줄 평 ....

....

★ **활동**

1. 「별 헤는 밤」에서 "별"이 뜻하는 대상이 무엇인지 말해 봅시다.

2. 시인이 처해 있던 시대 상황과 관련지어 "밤을 세워 우는 벌레"의 의미를 생각해 봅시다.

폭포

김수영

폭포는 곧은 절벽을 무서운 기색도 없이 떨어진다

규정할 수 없는 물결이
무엇을 향하여 떨어진다는 의미도 없이
계절과 주야를 가리지 않고
고매한 정신처럼 쉴 사이 없이 떨어진다

금잔화도 인가(人家)도 보이지 않는 밤이 되면
폭포는 곧은 소리를 내며 떨어진다

곧은 소리는 소리이다
곧은 소리는 곧은
소리를 부른다

번개와 같이 떨어지는 물방울은

＊ 주야 밤과 낮을 아울러 이르는 말.
＊ 고매한 인격이나 품성, 학식 따위가 높고 빼어난.
＊ 금잔화 국화과의 한해살이풀.
＊ 인가 사람이 사는 집.

취할 순간조차 마음에 주지 않고
나태와 안정을 뒤집어 놓은 듯이
높이도 폭도 없이
떨어진다

시인은 폭포라는 자연물을 통해 부조리한 현실 속에서도 잃지 말아야 할 올곧은 정신을 노래하고 있습니다. 폭포는 그 무엇도 무서워하지 않고 떨어집니다. 쉬지 않고 떨어집니다. 밤을 깨우는 소리로 떨어집니다. "높이도 폭도" 가늠할 수 없이 떨어집니다. 이 시가 지닌 역동성은 네 개 연에서 반복되는 "떨어진다"라는 표현에서 드러납니다. 바로 이 '떨어짐' 속에 "고매한 정신"이 깃들어 있고, "곧은 소리"가 있고, "나태와 안정을 뒤집어 놓"을 힘이 숨어 있습니다. 이런 폭포와 같은 기백과 올곧은 정신은 시인이 평생 지녔던 시 정신이기도 했습니다.

나의 한 줄 평 ....

....

★ 활동

1. 「폭포」에서 "고매한 정신"이 의미하는 바를 주제와 관련지어 생각해 봅시다.

2. 「폭포」에서 반복적으로 쓰인 시어들을 찾아보고 그러한 반복의 효과를 말해 봅시다.

농무

신
경
림

징이 울린다 막이 내렸다
오동나무에 전등이 매어 달린 가설무대
구경꾼이 돌아가고 난 텅 빈 운동장
우리는 분이 얼룩진 얼굴로
학교 앞 소줏집에 몰려 술을 마신다
답답하고 고달프게 사는 것이 원통하다
꽹과리를 앞장세워 장거리로 나서면
따라붙어 악을 쓰는 건 쪼무래기들뿐
처녀애들은 기름집 담벽에 붙어 서서
철없이 킬킬대는구나
보름달은 밝아 어떤 녀석은
꺽정이처럼 울부짖고 또 어떤 녀석은
서림이처럼 해해대지만 이까짓
산구석에 처박혀 발버둥 친들 무엇 하랴
비료값도 안 나오는 농사 따위야

＊ 농무(農舞) 농악무. 풍물놀이에 맞추어 추는 춤.
＊ 가설무대 임시로 만든 무대.
＊ 꺽정이 조선 시대 백정 출신의 의적. 홍명희의 역사 소설 『임꺽정』의 주인공.
＊ 서림이 홍명희의 역사 소설 『임꺽정』에 나오는 임꺽정의 참모.

아예 여편네에게나 맡겨 두고
쇠전을 거쳐 도수장 앞에 와 돌 때
우리는 점점 신명이 난다
한 다리를 들고 날라리를 불거나
고갯짓을 하고 어깨를 흔들거나

* **쇠전** 소를 사고파는 장.
* **도수장(屠獸場)** 도살장. 짐승을 잡아 죽이는 곳.
* **날라리** '태평소'를 달리 부르는 말.

「농무」는 1960~70년대, 우리나라에 산업화 물결이 거세게 일면서 농촌이 급격한 몰락의 길을 걷던 때를 배경으로 합니다. 시인은 무너져 가는 농촌의 실상을 제삼자의 시선이 아니라 당사자인 "우리"들의 목소리로 노래하고 있습니다. 우리들은 꽹과리 치고 날라리 불며 농무를 추지만, "비료값도 안 나오는 농사"를 짓는 농사꾼들이지요. 고달프고 답답해서 술 한 잔씩 마시고 시장 거리로 나서 보지만 젊은이들은 도시로 다 빠져나가고 골목에는 조무래기들뿐입니다. 그래도 고향을 지키는 '못난' 우리끼리 다시 한번 신명을 내 봅니다. 그런데 왜 이럴까요. 신명 나게 고개 까딱거리고 어깨도 흔들어 대는데, 왜 눈에서는 눈물이 쏟아질까요.

나의 한 줄 평 ....

....

★ 활동

1. 「농무」에서 풍물 소리에 맞추어 춤을 추는 화자의 상황과 감정이 어떠한지 말해 봅시다.

2. 「농무」에서 농촌의 암담한 현실을 드러내기 위해 직설적인 표현이 나타난 시행을 두 군데 이상 찾아봅시다.

저문 강에 삽을 씻고

정
희
성

흐르는 것이 물뿐이랴
우리가 저와 같아서
강변에 나가 삽을 씻으며
거기 슬픔도 퍼다 버린다
일이 끝나 저물어
스스로 깊어 가는 강을 보며
쭈그려 앉아 담배나 피우고
나는 돌아갈 뿐이다
삽자루에 맡긴 한 생애가
이렇게 저물고, 저물어서
샛강 바닥 썩은 물에
달이 뜨는구나
우리가 저와 같아서
흐르는 물에 삽을 씻고
먹을 것 없는 사람들의 마을로
다시 어두워 돌아가야 한다

이 시는 1970년대 산업화의 물결 속에서 소외된 노동자의 삶을 노래하고 있습니다. 시인이 이 작품을 쓰기 전에 한 노동자를 만나 취재했다고 가정하면, 시인의 수첩에는 어떤 것들이 기록돼 있을까요? 상상해 보건대 이런 내용은 아닐까요? 중년의 건설 노동자, 어깨 구부정하고 깡마른 체형, 고향에서 농사짓다가 빚만 지고 무일푼으로 상경, 부양가족은 홀어머니와 아내와 아이들 셋, 특별한 기술이 없어서 현장에서 자주 무시당함, 말수는 적고 감정에 절제가 있어 사색적인 인상을 줌. 일이 끝나면 꼭 강에 나가 삽을 씻고 귀가.(일종의 정화 의식인가?) 저무는 "샛강"에 "쭈그려 앉아 담배" 피우던 그의 이미지를 어떻게든 살려 볼 것!

나의 한 줄 평 --

★ 활동

1. 「저문 강에 삽을 씻고」에서 화자가 강물에 삽을 씻는 이유와 그 의미를 생각해 봅시다.

2. 「저문 강에 삽을 씻고」가 쓰인 시대적 상황을 고려할 때, 시인이 시적 화자를 통해 독자에게 들려주고자 한 생각이 무엇인지 말해 봅시다.

땅끝

나
희
덕

산 너머 고운 노을을 보려고
그네를 힘차게 차고 올라 발을 굴렀지
노을은 끝내 어둠에게 잡아먹혔지
나를 태우고 날아가던 그넷줄이
오랫동안 삐걱삐걱 떨고 있었어

어릴 때는 나비를 좇듯
아름다움에 취해 땅끝을 찾아갔지
그건 아마도 끝이 아니었을지 몰라
그러나 살면서 몇 번은 땅끝에 서게도 되지
파도가 끊임없이 땅을 먹어 들어오는 막바지에서
이렇게 뒷걸음질 치면서 말야

살기 위해서는 이제
뒷걸음질만이 허락된 것이라고
파도가 아가리를 쳐들고 달려드는 곳
찾아 나선 것도 아니었지만
끝내 발 디디며 서 있는 땅의 끝,

그런데 이상하기도 하지
위태로움 속에 아름다움이 스며 있다는 것이
땅끝은 늘 젖어 있다는 것이
그걸 보려고
또 몇 번은 여기에 이르리라는 것이

✷ 감상 길잡이

이 시의 화자는 어릴 때 노을을 보려고 그네를 힘차게 구르기도 하고, 아름다움을 좇아 땅끝을 찾아가기도 했다고 고백합니다. 그러나 그때의 땅끝은 진짜가 아니었어요. 사는 동안 어려움이 밀려와 한계까지 떠밀려 갔던 곳이 "땅의 끝"이었지요. 거기서는 삶의 거센 파도가 "아가리를 쳐들고 달려"들었습니다. 그런데 그 순간, 화자는 큰 깨달음을 얻습니다. 절망만 머무는 공간인 줄 알았던 땅끝에서 희망을 보게 되지요. 더 이상 물러서지 않고 늘 젖은 채로 파도와 마주하고 있는 땅끝. 그곳에 진정한 아름다움이 숨어 있음을 화자는 알아보게 됩니다.

나의 한 줄 평 ....

....

✷ 활동

1. 「땅끝」에서는 화자의 생각이 크게 두 번 전환됩니다. 이러한 전환이 이루어지는 시행을 찾아봅시다.

2. 「땅끝」에서 "땅끝"의 상징적 의미를 생각해 봅시다.

땅끝 · 나희덕

1942열차

문태준

　광양에서 하동 지나 삼랑진 지나 물금 지나 부전 가네 세
량의 객차를 달고 가네 북천 사람은 함안 사람을 부르네 함안
사람은 마산 사람을 부르네 나발과 꽹과리를 불고 치듯 시끌
시끌하게 덜커덩거리며 가네 젖먹이 아이와 젊은 연인과 축
하객이 함께 가네 침침하고 눈매가 가느스름한 김천 출신의
나도 끼여 가네 시냇물에 고무신 미끄러지며 떠내려가듯 가
네 소나기구름 실어 나르는 바람의 널빤지 가듯 가네 연한 버
들과 높은 미루나무와 먼 무지개를 싣고 가네 들판 수로의 깨
끗한 물과 무논에 비추어 보며 가네 무논에 비친 푸른 봄산은
일하는 소가 등에 태우고 가네 신록(新綠)이 가네 보자기를 풀
어놓을 시간만큼 조금 조금씩 역마다 연착하면서

* **나발** 옛 관악기의 하나. 놋쇠로 만들며 긴 대롱 같은 모양이다.
* **무논** 물이 괴어 있는 논.
* **신록** 늦봄이나 초여름에 새로 나온 잎의 푸른빛.
* **연착하다** 정해진 시간보다 늦게 도착하다.

1942호 열차는 지금, 전라남도 광양역을 지나서 종착역인 부산의 부전역으로 달려가고 있습니다. 요즘 같은 고속철도 시대에 드문, 작은 시골 역마다 서는 무궁화호 열차죠. 이 노선의 이름은 경상도와 전라도의 앞머리를 따서 붙인 '경전선'으로, 남도 지방을 횡단합니다. 열차에 탄 사람들은 마치 잔칫집에 가는 축하객들처럼 즐겁고, 열차도 덜컹덜컹 신나게 달려갑니다. 다른 지방 출신인 화자도 전혀 어색하지 않게 함께 어우러지지요. 차창 밖으로 보이는 온갖 풍경을 싣고, 봄날의 신록도 싣고요. 옆 사람들과 이야기보따리 풀어놓다 보면 기차가 조금씩 연착되는 시간도 즐겁습니다.

나의 한 줄 평

✹ 활동

1. 「1942열차」에서 열차를 타고 가는 화자의 현재 심정은 어떠한지 상상해 봅시다.

2. 「1942열차」는 줄글로 이어 쓴 산문시입니다. 열차의 특징을 떠올리며 시의 형식이 어떤 효과를 얻고 있는지 생각해 봅시다.

이탈한 자가 문득

　우리는 어디로 갔다가 어디서 돌아왔느냐 자기의 꼬리를
물고 뱅뱅 돌았을 뿐이다 대낮보다 찬란한 태양도 궤도를 이
탈하지 못한다 태양보다 냉철한 뭇별들도 궤도를 이탈하지
못하므로 가는 곳만 가고 아는 것만 알 뿐이다 집도 절도 죽
도 밥도 다 떨어져 빈 몸으로 돌아왔을 때 나는 보았다 단 한
번 궤도를 이탈함으로써 두 번 다시 궤도에 진입하지 못할지
라도 캄캄한 하늘에 획을 긋는 별, 그 똥, 짧지만, 그래도 획
을 그을 수 있는, 포기한 자 그래서 이탈한 자가 문득 자유롭
다는 것을

* 뭇별 많은 별.

현대인의 삶은 잘 맞물려 돌아가는 톱니바퀴에 비유될 때가 있습니다. 한 치의 오차도 없이 끼워 맞춰진 생활 속에서 튕겨져 나가면 어쩌나 걱정하면서 앞만 보고 달려갑니다. 그러나 다들 어디로 가고 있나요? 바쁘게 어디론가 가고 있는 듯하지만 결국 "자기의 꼬리를 물고 뱅뱅 돌"고 있을 뿐입니다. 정해진 곳만 돌고 도니 날마다 똑같은 날들입니다. 멈춰 서서 밤하늘의 별똥별을 본 적이 언제였던가요? 일상에서 얻었던 것들을 모두 잃고 나서 문득, 밤하늘에 "획을 긋는 별"을 봅니다. "궤도를 이탈"한 별똥별은 우주를 떠돌 테지요. 그러나 이제 그가 만나는 세상은 모두 처음 보는 세상, 설레는 자유가 가득한 세상이 아닐까요.

나의 한 줄 평 ....

....

★ 활동

1. 「이탈한 자가 문득」에서 '궤도를 이탈한 별'이 상징하는 의미를 말해 봅시다.

2. 반복되는 삶에서 벗어나기를 꿈꿔 본 적이 있는지 자신의 경험을 떠올려 봅시다.

사람의 시

유현아

이제 모두 본 것을 이야기한다

빛이 있는 곳으로 힘껏 올라가는 빛들
신발과 가방은 저마다 다른데 얼굴은 똑같다

우리가 함께 지은 표정들이 쌓이면
다정한 약속이 곁에 있고

우리가 얼마나 가까이 있는지 아는 건
그 봄, 가장 깊은 일

당연하다고 여기는 일상들이
상자에 들어가는 순간 뜨거운 함성이 된다

멀리, 아주 멀리 있다고 해도
너에게 듣고 싶은 말

"이 앞으로 길이 생길 겁니다"

이제 모두 본 것을 듣기로 한다

가까이, 아주 가까이 있다고 해도
우리는 서로의 안부가 되고

"모두 모이면 한 사람이 완성됩니다"

이제 모두 이 이야기를 노래하고 싶다

모든 도착이 우리의 것임을 확인하기 위해
조금만 더 여기 있다가 가요

세상의 모든 이름인 너에게 하고 싶은 말

"모두의 낭독회 함께 있음"

꿈은 없고요

누군가 반드시 돌아볼 거라는 믿음만

슬픔으로 싸워서 이길 수 없다면
사람의 이야기를 끝까지 듣고 싶었다

이제 모두 함께 슬픔을 빛이라고 말하자

편지는 늘 이곳에서 왔다
잠들어도 길을 잃지 않고

돌아오길 반복하는 빛
사람의 말을 이어 가는 시

* 304낭독회 제목으로 사용된 문장들을 바탕으로 씀. (원주)

이 시의 주석에 나오는 '304낭독회'는 2014년 세월호참사로 돌아
오지 못한 304명을 기억하기 위해 매달 진행되는 낭독회입니다. 시
인은 낭독회에서 제목으로 썼던 문장들을 되살려 이 시를 썼다고
했습니다. 시인은 왜 굳이 이런 방법을 택했을까요? 304개의 우주
가 사라져 버린 그날 이후, 어떻게 해야 그들을 잊지 않을 수 있을
까요? 우리가 "모두 함께 슬픔을 빛이라고" 이야기하면, 그들은
"잠들어도 길을 잃지 않고" 우리 곁으로 돌아오겠지요. 우리가 가
만히 있지 않고, "본 것을 이야기"하고, 그 이야기를 이어 간다면,
그것은 우리가 그들과 함께 쓰는 한 편의 "시"가 되겠지요.

나의 한 줄 평 ....

....

✷ 활동

1. 「사람의 시」에서 "사람의 말을 이어 가는 시"가 의미하는 것을 생각해 봅시다.

2. 잊지 않고 기억하고 싶은 일이 있는지 자신의 경험을 생각해 봅시다.

오백 년 도읍지를

길
재

오백 년 도읍지를 필마로 돌아드니
산천은 의구하되 인걸은 간 데 없다
어즈버 태평연월(太平煙月)이 꿈이런가 하노라

✸ **오백 년 도읍지** 고려의 수도인 개성(송도)을 말함.
✸ **필마로** 한 필(마리)의 말을 타고.
✸ **의구하되** 옛날 그대로 변함이 없건만.
✸ **인걸** 뛰어난 인재. 여기서는 고려의 충신들을 말함.
✸ **어즈버** 감탄사 '아'의 옛말.
✸ **태평연월** 근심이나 걱정이 없는 편안한 세월. 여기서는 고려가 융성했던 시절을 가리킴.

5부 · 사람의 시

까마귀 눈비 맞아

박
팽
년

까마귀 눈비 맞아 희는 듯 검노매라
야광명월(夜光明月)이야 밤인들 어두우랴
님 향한 일편단심이야 고칠 줄이 있으랴

＊ **희는 듯 검노매라** 희어지는 듯하더니 이내 검어지는구나.
＊ **야광명월** 밤에도 빛이 난다는 구슬인 야광주(夜光珠)와 명월주(明月珠). 혹은 밤에 빛나는 밝은 달.
＊ **고칠 줄이 있으랴** 변할 까닭이 있겠는가. 변할 리가 없다.

「오백 년 도읍지를」은 고려 왕조의 옛 도읍지를 돌아보면서 느끼는 망국의 한과 안타까움이 잘 드러난 회고조의 시조입니다. 고려의 신하로 살아왔던 지은이는 끝내 새로 건국된 조선에 참여하기를 거부했지요. 「까마귀 눈비 맞아」는 초장의 "까마귀"와 중장의 "야광명월"의 대조를 통해 간신과 충신의 이미지를 드러내고 종장에서 자신의 변하지 않는 마음을 노래한 절의가입니다. 지은이는 조선 시대에 왕위를 빼앗긴 단종의 복위를 꾀하다가 세조에게 발각되어 죽은 사육신의 한 사람으로서 목숨을 바쳐 단종에 대한 충절을 지켰습니다. 두 작품을 통해 우리는 혼란한 시대에 맞서는 강직한 삶의 자세를 엿볼 수 있습니다.

나의 한 줄 평 ....

....

✷ 활동

1. 「오백 년 도읍지를」에서 화자의 회한이 잘 담긴 표현들을 찾아보고 그 의미를 생각해 봅시다.

2. 「까마귀 눈비 맞아」의 주제와 관련하여 "까마귀"와 "야광명월"이 가리키는 의미를 말해 봅시다.

두꺼비 파리를 물고

지은이 모름

두꺼비 파리를 물고 두엄 위에 치달아 앉아
건넛산 바라보니 백송골이 떠 있거늘 가슴이 끔찍하여 풀
떡 뛰어 내닫다가 두엄 아래 자빠지거고
모처라 날랜 낼세망정 에헐질 뻔하괘라

* **두엄** 풀, 짚 또는 가축의 배설물 따위를 썩힌 거름. 여기서는 '거름 더미'를 뜻함.
* **백송골** 흰 송골매. 성질이 굳세고 날쌔며 다른 작은 새나 포유류, 곤충 등을 사냥함.
* **모처라** '마침'의 옛말. 어떤 경우나 기회에 알맞게. 또는 공교롭게.
* **낼세망정** 나니까 망정이지.
* **에헐질 뻔하괘라** 피멍 들 뻔하였구나.

속미인곡(續美人曲)

정철

저 가는 저 각시 본 듯도 한저이고

천상(天上) 백옥경(白玉京)을 어찌하여 이별하고

해 다 져 저문 날에 눌을 보러 가시는고

어와 네여이고 내 사설 들어 보오

내 얼굴 이 거동이 님 괴얌 즉한가마는

어쩐지 날 보시고 네로다 여기실새

나도 님을 믿어 군뜻이 전혀 없어

이래야 교태야 어지러이 하였던지

반기시는 낯빛이 예와 어찌 다르신고

누워 생각하고 일어 앉아 헤아리니

내 몸의 지은 죄 뫼같이 쌓였으니

하늘이라 원망하며 사람이라 허물하랴

설워 풀쳐 헤니 조물(造物)의 탓이로다

✽ **속미인곡** 「사미인곡」의 속편으로, 여기서 '미인'은 '임금'을 뜻한다.
✽ **백옥경** 옥황상제가 있는 곳. 여기서는 임금이 계신 궁궐.
✽ **네여이고** 너로구나.
✽ **괴얌 즉한가마는** 사랑받음 직한가마는.
✽ **군뜻이** 딴마음이.
✽ **이래야** 아양이며.
✽ **풀쳐 헤니** 낱낱이 헤아려 보니.

글란 생각 마오 맺힌 일이 있어이다

님을 뫼셔 있어 님의 일을 내 알거니

물 같은 얼굴이 편하실 적 몇 날일꼬

춘한고열(春寒苦熱)은 어찌하여 지내시며

추일동천(秋日冬天)은 뉘라서 뫼셨는고

죽조반(粥早飯) 조석뫼 예와 같이 세시는가

기나긴 밤에 잠은 어찌 자시는고

님 다히 소식을 아무려나 알자 하니

오늘도 거의로다 내일이나 사람 올까

내 마음 둘 데 없다 어드러로 가잔 말고

잡거니 밀거니 높은 뫼에 올라가니

구름은카니와 안개는 무슨 일고

산천이 어둡거니 일월을 어찌 보며

* **춘한고열** 꽃샘추위와 무더위.
* **추일동천** 가을의 날, 겨울의 날.
* **죽조반** 죽으로 만든 아침밥.
* **조석뫼** 아침저녁의 밥.
* **세시는가** 잡수시는가.
* **님 다히** 님 계신 곳.
* **어드러로** 어느 곳으로.

지척을 모르거든 천 리를 바라보랴
차라리 물가에 가 뱃길이나 보려 하니
바람이야 물결이야 어둥정 된저이고
사공은 어디 가고 빈 배만 걸렸는고
강천(江天)에 혼자 서서 지는 해를 굽어보니
님 다히 소식이 더욱 아득한저이고
모첨(茅簷) 찬 자리에 밤중만 돌아오니
반벽청등(半壁靑燈)은 눌 위하여 밝았는고
오르며 나리며 헤뜨며 바장이니
저근덧 역진(力盡)하여 풋잠을 잠깐 드니
정성이 지극하여 꿈에 님을 보니
옥 같은 얼굴이 반이나마 늙었어라

✽ 지척 아주 가까운 거리.
✽ 어둥정 어수선하게.
✽ 강천 넓은 강가.
✽ 모첨 초가지붕의 처마.
✽ 반벽청등 벽 가운데 걸린 청사초롱.
✽ 헤뜨며 서성거리며.
✽ 바장이니 방황하니.
✽ 역진하여 힘이 다해 지쳐.

마음에 먹은 말씀 슬카장 삷자 하니
눈물이 바라 나니 말씀인들 어이하며
정을 못다 하여 목이조차 메여하니
오전된 계성(鷄聲)에 잠은 어찌 깨돗던고
어와, 허사로다 이 님이 어디 간고
잠결에 일어 앉아 창을 열고 바라보니
어여쁜 그림자 날 좇을 뿐이로다
차라리 싀여디어 낙월(落月)이나 되어 있어
님 계신 창 안에 번듯이 비추리라
각시님 달이야카니와 궂은비나 되소서

＊ 슬카장 실컷.
＊ 삷자 하니 아뢰고자 하니.
＊ 바라 나니 연달아 나오니.
＊ 오전된 방정맞은.
＊ 계성 닭 울음소리.
＊ 싀여디어 죽어서.

「두꺼비 파리를 물고」는 두꺼비로 형상화된 권력자가 힘없는 서민
을 괴롭히다가 백송골, 즉 더 강한 권력자 앞에서 비굴해지는 모습
을 풍자한 사설시조입니다. 사설시조는 이처럼 부조리한 사회 현실
을 비판할 때에도 유머와 해학 속에 진실을 담았습니다. 또 어려운
한자어가 아닌 서민적인 일상어를 두루 사용하기도 했습니다. 「속
미인곡」은 임금을 그리워하는 마음을 두 여인의 대화 형식으로 노
래한 가사입니다. 한 여인이 질문을 던지면서 상대방의 하소연을
이끌어 내고, 다른 여인은 자신의 서러운 사연을 길게 풀어내며 작
품의 주제를 드러냅니다. 이처럼 형식성이 뛰어날 뿐만 아니라, 곳
곳에서 순우리말의 묘미도 잘 살려 쓰고 있지요.

나 의 한 줄 평 ....

....

✹ **활동**

1. 「두꺼비 파리를 물고」의 "두꺼비"의 행동에서 이중성이 엿보이는 부분을 설명해
   봅시다.

2. 「속미인곡」에서 작품 내용을 이끌어 가는 두 화자의 성격에 대해 말해 봅시다.

문학 작품의 기본적인 감상법은 물론 인물, 감정, 갈등, 언어, 주제 등을 중심으로 작품 자체에 집중하는 것입니다. 이것이 바탕이 되면 자신만의 주체적인 관점에서 다양한 맥락을 고려하여 작품을 깊이 있게 이해할 수 있는 힘이 생깁니다. 다양한 맥락을 본다는 것은 어떤 뜻일까요? 작가, 독자, 사회 문화적, 문학사적 맥락 등을 두루 살피는 것을 말합니다. 그중에서도 작품이 쓰인 시대의 정치·경제·사회적 상황이라든가 작품에 반영된 문화나 가치관 등을 고려하여 감상하는 것은 작품에 다가가는 쉽고도 좋은 접근법입니다.

예를 들어 이용악의 「하나씩의 별」에는 "험한 땅에서 험한 변 치르고" "고향으로 돌아"가는 사람들과 "고향과는 딴 방향으로" 가는 화자의 이야기가 나옵니다. "갈 때와 마찬가지로/헐벗은 채 돌아오는" 사람들과 나는 "나라에 기쁜 일이 많아/울지를 못"합니다. 왜 고향을 떠났는지, 어떤 험한 일을 겪었는지, 왜 서러운지, 나라에는 어떤 기쁜 일이 있는지 등을 깊이 이해하려면 일제 강점기와 해방이라는 사회적 상황과 연결해 감상하는 것이 필요하겠지요.

백석의 「남신의주 유동 박시봉방」, 윤동주의 「별 헤는 밤」도 일제 강점기라는 시대적 배경과 관련이 있습니다. 하지만 같은 시대적 배경을 지녔다고 해도 주제까지 늘 동일하지는 않습니다.

「남신의주 유동 박시봉방」의 화자는 고향을 떠나 가족과 떨어져 객지에서 칩거하고 있습니다. 그는 외롭고 쓸쓸하며 무기력했던 지난날을 되돌아보며 자신의 삶은 운명에 의해 이끌려 왔음을 깨닫고 "굳고 정한 갈매나무"처럼 살아갈 것을 다짐합니다. 이 시에서 화자의 괴로운 현실은 일제 강점기라는 시대적 배경과 무관하지 않지만, 화자가 보여 주는 인식 변화가 반드시 시대적 배경과 연결 지어 일어나는 것은 아닙니다.

「별 헤는 밤」에서는 어떨까요? 이 시의 화자도 타향에 있다는 점은 앞의 두 시와 비슷합니다. 그런데 「별 헤는 밤」의 화자는 그리움을 넘어 부끄러움을 느낍니다. 여기서 화자의 부끄러움은 시대적 배경과 연결해 생각해 볼 수 있지요. 특히 마지막 연은 "봄이 오면/무덤 위에 파란 잔디가 피어"날 것을 기대함으로써 자신이 처한 시대적 상황을 극복하고 새로운 미래에 대한 의지를 드러내고 있다고 볼 수 있습니다.

문학 작품에는 특정 시대의 사회적 상황, 역사적 사건 등이 중요한 소재가 됩니다. 이러한 점에서 앞으로 문학 작품을 감상할 때 사회 문화적 맥락을 고려해 보세요. 작가는 자신의 관점을 통해 역사적 사건을 새롭게 해석하기도 하고, 사회 문제를 비판하기도 합니다. 사건을 기록하여 후대에 전달하기도 하고, 사회적 사건을 은유적으로 표현하여 새로운 시각을 제시하기도 합니다.

5부에서 살펴본 많은 시들이 당대의 현실에 대한 비판적 시각을 제시하고 있습니다. 때로는 작품에 담긴 비판 의식이 사회를 변화시키는 원동력이 되기도 하니 뉴스를 보면서 혹은 사회 공부를 하면서도 한 번씩 이 시들을 읽어 보면 좋겠습니다.

시인 소개

계랑
1523~1610

기생. 본명은 이향금(李香今), 호는 매창(梅窓)·계생(桂生)·계랑(桂娘). 전북 부안의 이름 난 기생으로 시와 노래, 거문고에 능함. 천민 출신의 시인 유희경과 만나 연인이 되었으며 「이화우 흩뿌릴 제」 등의 시를 남김. 죽은 뒤에 『매창집』(1669)이 간행되어 그가 지은 시들이 전해짐.

길재
1353~1419

고려 말 조선 초의 문신, 성리학자. 호는 야은(冶隱). 목은 이색, 포은 정몽주와 함께 고려 말의 삼은(三隱)으로 불림. 고려가 망하자 관직을 버리고 낙향하여 학문 연구와 후학 양성에 전념함. 문집 『야은집』이 있음.

김소월
1902~1934

본명은 정식(廷湜). 평북 구성에서 태어남. 오산학교와 배재고보 졸업. 김억의 지도와 영향으로 시를 쓰기 시작해 1920년 『창조』에 시를 발표하며 문학 활동을 시작함. 시집 『진달래꽃』(1925)을 펴냈고, 죽은 뒤에 김억이 엮은 『소월 시초』(1939)가 간행됨.

김수영
1921~1968

서울에서 태어남. 연희전문학교 영문과 중퇴. 1945년 『예술부락』에 시를 발표하면서 등단함. 1960년 4·19혁명 이후 저항 정신이 돋보이는 현실 참여적인 시들을 지음. 시집 『달나라의 장난』 『거대한 뿌리』 등이 있음.

김용택
1948~

전북 임실에서 태어남. 순창농림고를 졸업하고 초등학교 교사로 일함. 1982년 '21인 신작 시집'에 시를 발표하며 등단. 시집 『섬진강』 『맑은 날』 『강 같은 세월』 『그 여자네 집』 『울고 들어온 너에게』 등이 있음.

김이듬
1969~

경남 진주에서 태어남. 2001년 『포에지』에 시를 발표하며 등단. 시집 『별 모양의 얼룩』 『명랑하라 팜 파탈』 『말할 수 없는 애인』 『베를린, 달렘의 노래』 『히스테리아』 『표류하는 흑발』 『마르지 않은 티셔츠를 입고』 『투명한 것과 없는 것』 등이 있음.

김중식 1967~	인천에서 태어남. 1990년『문학사상』으로 등단. 시집『황금빛 모서리』『울지도 못했다』가 있음.
나희덕 1966~	충남 논산에서 태어남. 1989년 중앙일보 신춘문예로 등단. 시집『뿌리에게』『그 말이 잎을 물들였다』『그곳이 멀지 않다』『어두워진다는 것』『사라진 손바닥』『야생 사과』『말들이 돌아오는 시간』『파일명 서정시』『가능주의자』등이 있음.
마종기 1939~	일본 도쿄에서 태어남. 1959년『현대문학』으로 등단. 시집『조용한 개선』『변경의 꽃』『그 나라 하늘빛』『이슬의 눈』『우리는 서로 부르고 있는 것일까』『마흔두개의 초록』『천사의 탄식』등이 있음.
맹사성 1360~1438	조선 전기의 문신. 호는 고불(古佛). 1386년(고려 우왕 12년) 문과에 급제하여 춘추관 검열 등을 역임함. 조선이 건국된 뒤 대제학(大提學), 좌의정(左議政) 등에 올랐으며, 청렴결백한 재상으로 이름을 떨침.
문정희 1947~	전남 보성에서 태어남. 1969년『월간문학』신인상으로 등단. 시집『어린 사랑에게』『오라, 거짓 사랑아』『양귀비꽃 머리에 꽂고』『나는 문이다』『지금 장미를 따라』『다산의 처녀』『응』『작가의 사랑』『오늘은 좀 추운 사랑도 좋아』등이 있음.
문태준 1970~	경북 김천에서 태어남. 1994년『문예중앙』신인상에 시가 당선되어 등단함. 시집『수런거리는 뒤란』『맨발』『가재미』『그늘의 발달』『먼곳』『우리들의 마지막 얼굴』『내가 사모하는 일에 무슨 끝이 있나요』『아침은 생각한다』등이 있음.
박재삼 1933~1997	일본 도쿄에서 태어남. 1953년『문예』에 시를 발표하며 작품 활동 시작. 시집『춘향의 마음』『햇빛 속에서』『추억에서』『찬란한 미지수』『사랑이여』『꽃은 푸른빛을 피하고』『허무에 갇혀』등이 있음.
박팽년 1417~1456	조선 전기의 문신. 호는 취금헌(醉琴軒). 집현전 학사를 지냄. 사육신의 한 사람으로, 단종 복위 운동에 가담했다가 세조에게 발각되어 옥중에서 죽음.

배창환
1955~

경북 성주에서 태어남. 1981년 『세계의 문학』 겨울호에 시를 발표하면서 등단. 시집 『잠든 그대를 간행한 후』 『다시 사랑하는 제자에게』 『백두산 놀러 가자』 『흔들림에 대한 작은 생각』 『겨울 가야산』 『별들의 고향을 다녀오다』 등이 있음.

백석
1912~1996

본명은 백기행(白夔行). 평북 정주에서 태어남. 오산고보를 거쳐 일본의 아오야마 학원 영문과 졸업. 1935년 조선일보에 시를 발표하며 등단함. 시집 『사슴』이 있고, 1957년 북한에서 동화 시집 『집게네 네 형제』를 간행함.

손택수
1970~

전남 담양에서 태어남. 1998년 한국일보 신춘문예로 등단. 시집 『호랑이 발자국』 『목련 전차』 『나무의 수사학』 『떠도는 먼지들이 빛난다』 『붉은빛이 여전합니까』 『어떤 슬픔은 함께할 수 없다』, 청소년시집 『나의 첫 소년』, 동시집 『한눈파는 아이』 등이 있음.

송순
1493~1582

조선 중기의 시인, 정치가. 호는 면앙정(俛仰亭). 관직에서 물러나 고향인 담양에 은거하며 자신의 호를 딴 정자 '면앙정'을 짓고, 주변 산수의 아름다움과 정서를 읊은 가사 「면앙정가」를 남김.

신경림
1935~2024

충북 충주에서 태어남. 1956년 『문학예술』에 시가 추천되어 등단. 시집 『농무』 『새재』 『달 넘세』 『가난한 사랑노래』 『길』 『쓰러진 자의 꿈』 『어머니와 할머니의 실루엣』 『뿔』 『사진관집 이층』, 동시집 『엄마는 아무것도 모르면서』 등이 있음.

안도현
1961~

경북 예천에서 태어남. 1984년 동아일보 신춘문예로 등단. 시집 『서울로 가는 전봉준』 『모닥불』 『그대에게 가고 싶다』 『외롭고 높고 쓸쓸한』 『그리운 여우』 『아무것도 아닌 것에 대하여』 『너에게 가려고 강을 만들었다』 『간절하게 참 철없이』 『북항』 『능소화가 피면서 악기를 창가에 걸어둘 수 있게 되었다』 등이 있음.

안미옥
1984~

경기 안성에서 태어남. 2012년 동아일보 신춘문예로 등단. 시집 『온』 『힌트 없음』 『저는 많이 보고 있어요』 등이 있음.

오은
1982~

전북 정읍에서 태어남. 2002년 『현대시』로 등단. 시집 『호텔 타셀의 돼지들』 『우리는 분위기를 사랑해』 『유에서 유』, 청소년시집 『마음의 일』 등이 있음.

월명사
생몰년 모름

신라 경덕왕 때의 학덕이 높은 승려. 향가에 능했으며 「도솔가」 「제망매가」를 지음.

유현아

서울에서 태어남. 2006년 전태일문학상을 수상하며 등단. 시집 『아무나 회사원, 그밖에 여러분』 『슬픔은 겨우 손톱만큼의 조각』, 청소년시집 『주눅이 사라지는 방법』 등이 있음.

윤동주
1917~1945

북간도 명동에서 태어남. 연희전문학교 문과 졸업. 일본 도시샤(同志社) 대학 영문과 재학 중 항일운동을 했다는 혐의로 체포되어 후쿠오카 형무소에서 복역하다가 1945년 2월 옥사함. 해방 후 유고 시집 『하늘과 바람과 별과 시』(1948)가 간행됨.

윤선도
1587~1671

조선 중기의 시인, 정치가. 호는 고산(孤山). 남인의 중심 인물로 치열한 당쟁으로 인해 일생을 거의 유배지에서 보냄. 시조에 뛰어나 정철의 가사와 더불어 조선 시가의 쌍벽을 이룸. 시조 「어부사시사」, 문집 『고산유고』 등을 남김.

이문재
1959~

경기 김포에서 태어남. 1982년 『시운동』 4집에 시를 발표하며 등단. 시집 『내 젖은 구두 벗어 해에게 보여 줄 때』 『산책시편』 『마음의 오지』 『제국호텔』 『지금 여기가 맨 앞』 등이 있음.

이상
1910~1937

본명은 김해경(金海卿). 서울에서 태어남. 보성고보를 거쳐 경성고등공업학교 건축과 졸업. 1931년 조선총독부 건축과 기수로 일하던 당시 『조선과 건축』에 시를 발표하며 작품 활동 시작. 정지용, 이태준, 이효석, 박태원 등과 함께 구인회 회원으로 활동함. 주요 작품으로 시 「오감도」 「거울」, 소설 「날개」 「봉별기」 등이 있음.

이용악
1914~1971

함북 경성에서 태어남. 경성보통학교 졸업. 1935년 『신인문학』에 「패배자의 소원」을 발표하면서 등단. 1930년대 후반 서정주, 오장환과 더불어 시삼재(詩三才, 시에 뛰어난 세 사람)로 꼽힘. 시집 『분수령』 『낡은 집』 『오랑캐꽃』 『이용악집』 등이 있음.

이원 1968~	경기 화성에서 태어남. 1992년 『세계의문학』으로 등단. 시집 『그들이 지구를 지배했을 때』 『야후!의 강물에 천 개의 달이 뜬다』 『세상에서 가장 가벼운 오토바이』 『불가능한 종이의 역사』 『사랑은 탄생하라』 등이 있음.
장석남 1965~	인천 덕적도에서 태어남. 1987년 경향신문 신춘문예로 등단. 시집 『새 떼들에게로의 망명』 『지금은 간신히 아무도 그립지 않을 무렵』 『젖은 눈』 『왼쪽 가슴 아래께에 온 통증』 『미소는, 어디로 가시려는가』 『뺨에 서쪽을 빛내다』 『고요는 도망가지 말아라』 『꽃 밟을 일을 근심하다』 등이 있음.
정극인 1401~1481	조선 전기의 문신·학자. 호는 불우헌(不憂軒). 단종이 왕위를 빼앗기자 벼슬을 버리고 고향에서 후진을 가르침. 조선 시대 최초의 가사 작품 「상춘곡」을 지었고, 문집 『불우헌집』을 남김.
정끝별 1964~	전남 나주에서 태어남. 1988년 『문학사상』 신인상을 수상하여 등단. 시집 『자작나무 내 인생』 『흰 책』 『삼천갑자 복사빛』 『와락』 『은는이가』 『봄이고 첨이고 덤입니다』 『모래는 뭐래』 등이 있음.
정일근 1958~	경남 진해에서 태어남. 1984년 『실천문학』과 1985년 한국일보 신춘문예를 통해 등단. 시집으로 『바다가 보이는 교실』 『유배지에서 보내는 정약용의 편지』 『그리운 곳으로 돌아보라』 『경주 남산』 『마당으로 출근하는 시인』 『착하게 낡은 것의 영혼』 『기다린다는 것에 대하여』 『방!』 『소금 성자』 등이 있음.
정지용 1902~1950	충북 옥천에서 태어남. 일본 도시샤(同志社) 대학 영문과 졸업. 1926년 『학조』에 시를 발표하며 작품 활동 시작. 시집 『정지용 시집』 『백록담』 등이 있음.
정진규 1939~2017	경기 안성에서 태어남. 1960년 동아일보 신춘문예로 등단. 시집 『마른 수수깡의 평화』 『연필로 쓰기』 『몸시』 『알시』 『도둑이 다녀가셨다』 『본색』 『껍질』 등이 있음.
정철 1536~1593	조선 중기의 시인, 정치가. 호는 송강(松江). 가사 문학의 대가로서 시조의 윤선도와 함께 한국 시가의 쌍벽으로 일컬어짐. 가사 「관동별곡」

「사미인곡」등을 남김.

정현종
1939~
서울에서 태어남. 1965년『현대문학』에 시가 추천되어 등단. 시집『사물의 꿈』『나는 별 아저씨』『떨어져도 튀는 공처럼』『사랑할 시간이 많지 않다』『갈증이며 샘물인』『한 꽃송이』『세상의 나무들』『광휘의 속삭임』『그림자에 불타다』『어디선가 눈물은 발원하여』등이 있음.

정호승
1950~
경남 하동에서 태어남. 1973년 대한일보 신춘문예로 등단. 시집『슬픔이 기쁨에게』『서울의 예수』『별들은 따뜻하다』『눈물이 나면 기차를 타라』『외로우니까 사람이다』『포옹』『밥값』『나는 희망을 거절한다』『슬픔이 택배로 왔다』등이 있음.

정희성
1945~
경남 창원에서 태어남. 1970년 동아일보 신춘문예로 등단. 시집『답청』『저문 강에 삽을 씻고』『한 그리움이 다른 그리움에게』『시를 찾아서』『돌아다보면 문득』『그리운 나무』『흰 밤에 꿈꾸다』등이 있음.

조향미
1961~
경남 거창에서 태어남. 1986년『전망』4호에 작품을 발표하며 등단. 시집『새의 마음』『봄 꿈』『그 나무가 나에게 팔을 벌렸다』등이 있음.

천상병
1930~1993
일본 효고현에서 태어나 해방 후 경남 마산에 정착함. 서울대 상과대학 수료. 1952년『문예』에 시가 추천되어 등단. 시집『새』『주막에서』『저승 가는 데도 여비가 든다면』등이 있음.

천양희
1942~
부산에서 태어남. 1965년『현대문학』으로 등단. 시집『신이 우리에게 묻는다면』『사람 그리운 도시』『하루치의 희망』『마음의 수수밭』『오래된 골목』『너무 많은 입』『나는 가끔 우두커니가 된다』『새벽에 생각하다』『몇차례 바람 속에서도 우리는 무사하였다』등이 있음.

최영미
1961~
서울에서 태어남. 1992년『창작과비평』겨울호에 시를 발표하면서 등단. 시집『서른, 잔치는 끝났다』『꿈의 페달을 밟고』『그리움은 돌아갈 자리가 없다』『돼지들에게』『도착하지 않은 삶』『이미 뜨거운 것들』등이 있음.

한용운
1879~1944
호는 만해(萬海). 충남 홍성에서 태어남. 어렸을 때 서당에서 한학을 배우고 동학 농민 운동과 의병 운동에 가담한 뒤에 1905년 백담사에 들어가 승려가 됨. 1919년 3·1운동 때 민족대표 33인의 하나로 독립 선언서에 서명하여 옥고를 치름. 1926년 시집 『님의 침묵』을 간행함.

황진이
생몰년 모름

조선 시대의 기생·시인. 자는 명월(明月). 서경덕, 박연 폭포와 더불어 송도삼절(松都三絶, 개성에서 유명한 세 가지)로 불림. 한시와 시조에 뛰어나 당대의 유명인들과 친히 지냄.

작품 출처

계랑   「이화우 흩뿌릴 제」, 임형택·고미숙 엮음『한국고전시가선』, 창작과비평사
       1997.

길재   「오백 년 도읍지를」,『청구영언』(주해편), 권순희·이상원·신경숙 주해, 국립
       한글박물관 2017.

김소월   「개여울」,『진달래꽃』, 매문사 1925.

김소월   「금잔디」,『진달래꽃』, 매문사 1925.

김소월   「진달래꽃」,『진달래꽃』, 매문사 1925.

김수영   「폭포」, 백낙청 엮음『사랑의 변주곡』, 창작과비평사 1988.

김용택   「그대 생의 솔숲에서」,『그 여자네 집』, 창작과비평사 1998.

김이듬   「사과 없어요」,『히스테리아』, 문학과지성사 2014.

김중식   「이탈한 자가 문득」,『황금빛 모서리』, 문학과지성사 1993.

나희덕   「땅끝」,『그 말이 잎을 물들였다』, 창작과비평사 1994.

나희덕   「뿌리에게」,『뿌리에게』, 창작과비평사 1991.

나희덕   「산속에서」,『그 말이 잎을 물들였다』, 창작과비평사 1994.

나희덕   「푸른 밤」,『그곳이 멀지 않다』, 민음사 1997; 문학동네 2004.

마종기   「우화의 강 1」,『그 나라 하늘빛』, 문학과지성사 1991.

맹사성   「강호사시가」, 임형택·고미숙 엮음『한국고전시가선』, 창작과비평사 1997.

문정희   「이별 이후」,『어린 사랑에게』, 미래사 1991.

문태준   「1942열차」,『내가 사모하는 일에 무슨 끝이 있나요』, 문학동네 2018.

문태준   「산수유나무의 농사」,『맨발』, 창비 2004.

박재삼   「산에 가면」,『햇빛 속에서』, 문원사 1970.

박팽년   「까마귀 눈비 맞아」, 임형택·고미숙 엮음『한국고전시가선』, 창작과비평사
       1997.

배창환   「길」,『흔들림에 대한 작은 생각』, 창작과비평사 2000.

백석   「남신의주 유동 박시봉방」, 이동순 엮음『백석시전집』, 창작과비평사 1987.

백석   「선우사」, 이동순 엮음『백석시전집』, 창작과비평사 1987.

백석   「흰 바람벽이 있어」, 이동순 엮음『백석시전집』, 창작과비평사 1987.

백석   「수라」, 이동순 엮음『백석시전집』, 창작과비평사 1987.

손택수 「나무의 꿈」,『나의 첫 소년』, 창비교육 2017.

송순   「십 년을 경영하여」,『청구영언』(주해편), 권순희·이상원·신경숙 주해, 국립 한글박물관 2017.

신경림 「농무」,『농무』, 창작과비평사 1975;『신경림 시 전집 1』, 창비 2004.

안도현 「간격」,『너에게 가려고 강을 만들었다』, 창비 2004.

안미옥 「순간적」,『저는 많이 보고 있어요』, 문학동네 2023.

오은   「나는 오늘」,『마음의 일』, 창비교육 2020.

월명사 「제망매가」, 임형택·고미숙 엮음『한국고전시가선』, 창작과비평사 1997.

유현아 「사람의 시」,『슬픔은 겨우 손톱만큼의 조각』, 창비 2023.

윤동주 「별 헤는 밤」, 홍장학 엮음『정본 윤동주 전집』, 문학과지성사 2004.

윤동주 「서시」, 홍장학 엮음『정본 윤동주 전집』, 문학과지성사 2004.

윤동주 「자화상」, 홍장학 엮음『정본 윤동주 전집』, 문학과지성사 2004.

윤선도 「만흥」,『고산유고 4』, 이상현·이승현 옮김, 한국고전번역원 2015.

이문재 「광화문, 겨울, 불꽃, 나무」,『제국호텔』, 문학동네 2004.

이문재 「어떤 경우」,『지금 여기가 맨 앞』, 문학동네 2014.

이상   「거울」, 권영민 엮음『이상 전집 1』, 태학사 2013.

이용악 「하나씩의 별」, 윤영천 엮음『이용악시전집』, 창작과비평사 1988; 문학과지 성사 2018.

이원   「나는 클릭한다 고로 나는 존재한다」,『야후!의 강물에 천 개의 달이 뜬다』, 문학과지성사 2001.

장석남 「배를 매며」,『왼쪽 가슴 아래께에 온 통증』, 창작과비평사 2001.

정극인 「상춘곡」,『조선 전기 사대부가사』, 최현재 옮김, 문학동네 2012.

정끝별 「홈페이지 앞에서」,『봄이고 첨이고 덤입니다』, 문학동네 2019.

정일근 「어머니의 그륵」,『마당으로 출근하는 시인』, 문학사상사 2003.

정지용 「향수」,『정지용 시집』, 시문학사 1935.

정지용 「고향」,『정지용 시집』, 시문학사 1935.

정진규   「연필로 쓰기」,『연필로 쓰기』, 영신문화사 1984;『정진규 시전집』, 책만드는집 2007.

정철   「내 마음 베어 내어」, 임형택·고미숙 엮음『한국고전시가선』, 창작과비평사 1997.

정철   「속미인곡」, 임형택·고미숙 엮음『한국고전시가선』, 창작과비평사 1997.

정현종   「깊은 흙」,『한 꽃송이』, 문학과지성사 1992.

정현종   「나무에 깃들여」,『한 꽃송이』, 문학과지성사 1992.

정현종   「방문객」,『광휘의 속삭임』, 문학과지성사 2008.

정호승   「내가 사랑하는 사람」,『외로우니까 사람이다』, 열림원 2016; 창비 2021.

정호승   「택배」,『슬픔이 택배로 왔다』, 창비 2022.

정희성   「숲」,『저문 강에 삽을 씻고』, 창작과비평사 1978; 1993.

정희성   「저문 강에 삽을 씻고」,『저문 강에 삽을 씻고』, 창작과비평사 1978; 1993.

정희성   「한 그리움이 다른 그리움에게」,『한 그리움이 다른 그리움에게』, 창작과비평사 1991.

조향미   「들꽃 같은 시」,『새의 마음』, 내일을여는책 2000.

지은이 모름   「가시리」, 임형택·고미숙 엮음『한국고전시가선』, 창작과비평사 1997.

지은이 모름   「나무도 바윗돌도 없는」, 임형택·고미숙 엮음『한국고전시가선』, 창작과비평사 1997.

지은이 모름   「논밭 갈아 기음 매고」, 임형택·고미숙 엮음『한국고전시가선』, 창작과비평사 1997.

지은이 모름   「두꺼비 파리를 물고」, 임형택·고미숙 엮음『한국고전시가선』, 창작과비평사 1997.

지은이 모름   「서경별곡」, 임형택·고미숙 엮음『한국고전시가선』, 창작과비평사 1997.

지은이 모름   「청산별곡」, 임형택·고미숙 엮음『한국고전시가선』, 창작과비평사 1997.

천상병   「귀천」,『새』, 조광출판사 1971;『천상병 전집: 시』, 평민사 1996.

천양희   「너에게 쓴다」,『그리움은 돌아갈 자리가 없다』, 작가정신 1998.

최영미   「선운사에서」,『서른, 잔치는 끝났다』, 창작과비평사 1994; 이미출판사 2020.

한용운 「나룻배와 행인」, 『님의 침묵』, 회동서관 1926.

한용운 「나의 꿈」, 『님의 침묵』, 회동서관 1926.

황진이 「청산은 내 뜻이오」, 이광식 엮음 『우리 옛시조 여행』, 가람기획 2004.

작품 출처

수록 교과서 보기

지은이	작품명	수록 교과서
계량	이화우 흩뿌릴 제	해냄에듀(임광찬) 2
길재	오백 년 도읍지를	미래엔(신유식) 2
김소월	개여울	천재(김종철) 2
김소월	금잔디	교과서 밖의 시
김소월	진달래꽃	비상(강호영) 2,
		비상(박영민) 2,
		해냄에듀(임광찬) 2
김수영	폭포	천재(김종철) 2
김용택	그대 생의 솔숲에서	비상(박영민)1
김이듬	사과 없어요	해냄에듀(임광찬) 2
김중식	이탈한 자가 문득	천재(김종철) 2
나희덕	땅끝	천재(김수학) 1
나희덕	뿌리에게	창비교육(최원식) 1
나희덕	산속에서	비상(박영민) 1
나희덕	푸른 밤	동아(최두호) 1
마종기	우화의 강 1	해냄에듀(임광찬) 1
맹사성	강호사시가	비상(박영민) 2
문정희	이별 이후	동아(최두호) 2
문태준	산수유나무의 농사	미래엔(신유식) 1
문태준	1942열차	천재(김수학) 1
박재삼	산에 가면	동아(최두호) 2
박팽년	까마귀 눈비 맞아	동아(최두호) 2
배창환	길	해냄에듀(임광찬) 2
백석	남신의주 유동 박시봉방	창비교육(최원식) 2

지은이	작품명	수록 교과서
백석	선우사	천재(김종철) 1
백석	수라	미래엔(신유식) 2,
		비상(강호영) 1
백석	흰 바람벽이 있어	천재(김수학) 2
손택수	나무의 꿈	천재(김종철) 1
송순	십 년을 경영하여	비상(강호영) 2,
		지학사(김철회) 2,
		창비교육(최원식) 2,
		천재(김수학) 2
신경림	농무	천재(김수학) 2
안도현	간격	교과서 밖의 시
안미옥	순간적	창비교육(최원식) 1
오은	나는 오늘	창비교육(최원식) 1
월명사	제망매가	미래엔(신유식) 2,
		비상(박영민) 2,
		지학사(김철회) 2,
		창비교육(최원식) 2
		천재(김수학) 2
유현아	사람의 시	창비교육(최원식) 1
윤동주	별 헤는 밤	천재(김수학) 2,
		해냄에듀(임광찬) 1
윤동주	서시	비상(강호영) 1
윤동주	자화상	지학사(김철회) 2
윤선도	만흥	해냄에듀(임광찬) 2
이문재	광화문, 겨울, 불꽃, 나무	비상(박영민) 1
이문재	어떤 경우	해냄에듀(임광찬) 2
이상	거울	교과서 밖의 시
이용악	하나씩의 별	해냄에듀(임광찬) 1

지은이	작품명	수록 교과서
이원	나는 클릭한다 고로 나는 존재한다	해냄에듀(임광찬) 1
장석남	배를 매며	지학사(김철회) 1
정극인	상춘곡	동아(최두호) 2,
		비상(박영민) 2,
		지학사(김철회) 2,
		해냄에듀(임광찬) 2
정끝별	홈페이지 앞에서	해냄에듀(임광찬) 2
정일근	어머니의 그륵	해냄에듀(임광찬) 1
정지용	고향	비상(강호영) 1
정지용	향수	비상(강호영) 2
정진규	연필로 쓰기	비상(박영민) 1
정철	내 마음 베어 내어	동아(최두호) 1
정철	속미인곡	미래엔(신유식) 2,
		비상(강호영) 2
정현종	깊은 흙	동아(최두호) 1
정현종	나무에 깃들여	천재(김수학) 1
정현종	방문객	비상(강호영) 1,
		해냄에듀(임광찬) 1
정호승	내가 사랑하는 사람	천재(김수학) 1
정호승	택배	창비교육(최원식) 2
정희성	숲	동아(최두호) 1
정희성	저문 강에 삽을 씻고	지학사(김철회) 2
정희성	한 그리움이 다른 그리움에게	비상(강호영) 2,
		비상(박영민) 2
조향미	들꽃 같은 시	해냄에듀(임광찬) 1
지은이 모름	가시리	동아(최두호) 2,
		천재(김종철) 2,
		해냄에듀(임광찬) 2

지은이	작품명	수록 교과서
지은이 모름	나무도 바윗돌도 없는	동아(최두호) 2, 창비교육(최원식) 2, 천재(김수학) 2
지은이 모름	논밭 갈아 기음 매고	비상(강호영) 2, 비상(박영민) 2
지은이 모름	두꺼비 파리를 물고	지학사(김철회) 2
지은이 모름	서경별곡	비상(박영민) 2
지은이 모름	청산별곡	비상(강호영) 2, 해냄에듀(임광찬) 2
천상병	귀천	해냄에듀(임광찬) 1
천양희	너에게 쓴다	동아(최두호) 1
최영미	선운사에서	비상(강호영) 2
한용운	나룻배와 행인	비상(강호영) 2, 지학사(김철회) 1
한용운	나의 꿈	비상(박영민) 2
황진이	청산은 내 뜻이오	동아(최두호) 2